姫怪盗と危険な求婚者

宇津田 晴

小学館ルルル文庫

フローラ

小国グラナート王国の
第二王女。
美形揃いの王家で残念なくらい
目立たない地味姫。
その正体は美貌の大怪盗
シュバルツ（第十一代目）。

ハイモ

フローラの
相棒である
黒いオウム。

危険な　と求婚者

登場人物紹介

ブルーノ
クレメンスのいとこで
腹心の部下。
気のいい青年。
クレメンス
大国ヘルシャーの嫡子。
黒髪に茶色の瞳をした
端整な顔立ちの青年。
爽やかで柔らかな
物腰の腹黒。
マリア
フローラの侍女兼
補佐役。
穏やかな知的美女。
アドルフ
フローラのおじ。
限りなく存在感の薄い
自由人。
第十代目現役シュバルツ。

目次

イラスト／ゆぎしきょうこ

姫怪盗と危険な求婚者

序章

怪盗《かいとう》シュバルツ。
その名を知らぬものなど、この大陸にはいない。
初めてその名が世に出てから、今年で百五十年になる。
白い仮面で目元を隠《かく》し、マントのような上着をひるがえし闇夜《やみよ》を駆《か》ける大怪盗だ。
黒の秘宝と呼ばれる宝だけを狙《ねら》い、殺生《せっしょう》や予告なしの犯行は絶対にしない。
年齢や性別すら不明とされている。
ただ不思議《ふしぎ》なことに、顔を隠しても、一つだけ一致《いっち》する証言があった。
それはシュバルツが——息をのむほどの麗人《れいじん》だ、ということ。
なぜシュバルツが黒の秘宝のみを狙うのか、それは誰にもわからない。
一部には、黒の秘宝は呪《のろ》われているという噂《うわさ》もあるが、噂はあくまでも噂だ。
時として海を越え、大陸のはるか先まで飛び回る、伝説の大怪盗シュバルツ。
その存在に人々は、おとぎ話の英雄《えいゆう》に抱《いだ》くような憧《あこが》れを覚えている。
続くシュバルツの連勝記録を妨《さまた》げるものは、未《いま》だに現れていない。

第一章　怪盗シュバルツと地味姫様《じみひめ》

1

　大陸の西南に、グラナート王国という小さな国があった。

　この国は国土の三分の一が山脈で、資源に乏《とぼ》しく、軍事力もない。

　三方を大国に囲まれ、独立を保っているのが不思議なほど、頼《たよ》りない国だった。

　それでもグラナートが二百年も生き延びられたのには、理由がある。


『次代に残せ、コネと顔』


　初代国王のその言葉に従い、代々容貌《ようぼう》を磨《みが》き、徹底《てってい》した婚姻《こんいん》外交を行ってきた。

　今やグラナート王家は『大陸の華《はな》』と呼ばれている。

　持って生まれた華やかさと、巧《たく》みな話術と巧みなセンスで、時代の流行を作り、ひとたび社交の場に出れば、その美貌《びぼう》に魅入《みい》られた求婚者《きゅうこん》が列をなすほどだ。

　ただ、なにごとにも例外はある。

　グラナートの王子と姫君を乗せた馬車の扉《とびら》を、御者《ぎょしゃ》が恭《うやうや》しく閉めようとした時。

「あの、す、すみません……私も、乗りたいのですが」

か細い声が不意に響《ひび》き、その場にいた見送りの者達がおやっと首を傾《かし》げた。

そして声のした背後を振《ふ》り返った御者は、思わずぎょっとして目を見開く。

いつの間にかすぐ後ろに、今風《いまふう》の青いバッスルドレスを着た少女が立っていた。

白い踏《ふ》み石が美しいグラナート王宮の前庭のあちこちで、あっ、という声が上がる。

王宮の出入り口にずらりと並んだ人々も、御者も、誰もが彼女を見落としていた。

「フ、フローラ様っ、いつからそちらに!?」

御者の問いを受け、フローラと呼ばれた少女は小さな声で答える。

「ええと、すみません……実はずっと、いました」

「申し訳ありませんっ！」

ぱっと頭を下げ脇《わき》へどいた御者に、フローラはおどおどと頭《かぶり》を振った。

「いえ……大丈夫《だいじょうぶ》、いつものことですし……」

そう、フローラがその存在を周りに無視されるのは、本当にいつものことである。

なにせ彼女の存在感は、道ばたに転がる小石以下だ。

背は低く、顔を隠す長い前髪はもっさりしていて、全体的に――気配《けはい》が薄い。

――こんなに冴《さ》えない地味姫がグラナート王家の一員だなんて……。

そんな心の声が伝わってきそうな、周囲の哀《あわ》れみと失望の視線は、慣れっこだ。

恐縮《きょうしゅく》する御者の手を借り、豪華な馬車に乗り込んで、中にいた兄と姉に合流する。
こちらの二人は、フローラとは対照的に思わず息をのむほど、美しく華やかだ。
「やあ、フローラ。いつまでも乗ってこないから、何事かと思ったよ」
「一緒《いっしょ》に出かけられて嬉《うれ》しいわ。さあ、わたくしの隣にお座りなさいな」
姉に促《うなが》されるまま隣に座ると、向かいに腰を下ろした兄が御者に合図を出す。
フローラ達を乗せた馬車が、ゆっくりと動き始めた。
それにしても、もう宵闇《よいやみ》がせまる頃《ころ》だというのに、馬車の中がやけに明るい。
物理的な明かりではなく、感覚的にそう感じるというか……。
要は兄と姉から、星か太陽でも背負っていそうな眩《まぶ》しさを感じるのだ。
兄は白い礼装に身を包み、姉は華やかな金糸《きんし》の刺繍《ししゅう》の入ったドレスを着ていた。
どちらも、アクセサリーから靴《くつ》にいたるまで、実に洗練された装《よそお》いである。
二人の目は美しい青で、カフスボタンや髪飾りに同じ色の宝石が使われていた。
こうして一緒にいると、フローラの存在は二人の輝《かがや》きにかき消されそうになる。
馬車の中でフローラが空気に同化しかけていた時、兄が小声で話しかけてきた。
「そういえば、今夜のファッケル氏の屋敷は、ずいぶんにぎやかになるらしいよ」
ファッケル氏の屋敷は、今向かっている特別な催《もよお》しの会場である。

兄はいつもは笑みを絶やさぬ優美な顔に、少し不安げな表情を浮《う》かべていた。

「犯罪予告を受けたファッケル氏のため、騎士団《きしだん》の警邏《けいら》第一部隊を派遣《はけん》するんだ」

犯罪予告、という物騒《ぶっそう》な単語に、フローラの隣にいた姉がぎゅっと柳眉《りゅうび》を寄せる。

「精鋭揃《せいえいぞろ》いの第一部隊を出すということは、騎士団は本気で捕《つか》まえる気ですのね」

「ああ、もちろん。怪盗シュバルツを捕《と》らえれば、世紀の大手柄《おおてがら》だからね」

フローラは兄の言葉に、こくりと頷《うなず》いた。

これまでどんな優秀《ゆうしゅう》な騎士でも、捕まえることの出来なかった、大怪盗シュバルツ。

その名を記した予告状が、王都の豪商《ごうしょう》ファッケル氏の元に届いたのは、三日前だ。

二か月前に彼がオークションで落札した、黒の秘宝を奪《うば》いに来るという。

予告状を受け取ったファッケル氏は——嬉々《きき》として各方面に招待状を書いた。

『本物の怪盗シュバルツを、この目で見るチャンスです！』

狙われたことや宝を奪われる不安より、シュバルツへの憧れが先に立ったらしい。

しかし、大はしゃぎで『シュバルツを迎《むか》え撃《う》つ会』の招待状を発送したが、盗《ぬす》みの予告があるのにみすみす見逃《みのが》すことなど、治安を守る騎士団の警邏隊には出来ない。

そのため今夜は『シュバルツを迎え撃つ会』が、ファッケル氏自慢《じまん》のダンスホールで開かれる間、件《くだん》の警邏第一部隊がしっかり警備を固めることとなった。

兄はため息混じりに、胸ポケットから一枚の紙を取り出す。

「立場上、騎士団が勝つ方に賭《か》けたけれど……配当金は期待できそうもないかな」

文字通り迎え撃つ、という態勢が整ったことで、裏では賭《か》けが行われているらしい。

内容はもちろん、シュバルツが勝つか、騎士団がシュバルツを捕らえるか、だ。

賭札《かけふだ》を見た姉は、呆《あき》れたような目をして腕を組む。

「嫌《いや》だわ、殿方《とのがた》って。なんでもかんでも、賭けにしてしまうんですもの」

「男はレディのように、ドレスの話題で二時間も盛り上がれないんだ」

二人のそんなやり取りを、フローラはぼんやりした笑顔で聞いていた。

やがて馬車がファッケル氏の屋敷につき、降車場の特等席で停車する。

兄が真っ先に降りて、姉とフローラそれぞれに手を貸してくれた。

ファッケル氏のダンスホールは、母屋《おもや》とは少し離れた、花園の中央に建っている。

遠目に見ても、煌々《こうこう》と灯《とも》った明かりですぐにわかった。

馬車の降車場からそこへ至る道は、四角く切り出した白い石で舗装《ほそう》されている。

細く伸びた道にはゆるやかなカーブがついていて、その両脇《りょうわき》に植えられた木や花が壁《かべ》のようになっている。

「ファッケル氏のこの庭は、いつ来ても素晴《すば》らしいね」

感心したように目を細めた兄が、姉とフローラにすっと両手を差し出してきた。

姉は兄の手を取ったが、フローラは気後《きおく》れしたように首を横にふり、辞退する。

並んで歩く兄と姉の少し後ろについて、建物の入り口まで歩いた。

すでに開場時間は大幅《おおはば》に過ぎていたから、ホールの外にいる客人は少ない。

その代わりに、ドーム型のダンスホールは騎士《きし》達によってぐるりと囲まれていた。

彼らは連れだってきた王子と姫君を見るや、さっと背筋を伸ばし一礼してくる。

兄と姉はそんな騎士達に笑顔を向け、ホールの金扉を悠然《ゆうぜん》と通り抜《ぬ》けた。

「ご苦労様」

労《ねぎら》いの言葉を残して去る麗《うるわ》しい兄妹《きょうだい》を、ほうっとため息を吐《つ》いて騎士達が見送る。

その視界に――後ろをちょこちょことついていくフローラは、入っていない。

そしてそれは会場のエントランスにいた人々も、同じだった。

「まあ、殿下《でんか》！」

二人に気づいた誰かがそう叫《さけ》んだ次の瞬間、怒濤《どとう》の勢いで人波が押《お》し寄せてくる。

「お会いできて光栄です！」

「本日もなんて麗しい……っ！」

口々にそう言いながら、エントランスに散らばっていた人はもちろん、それまではダンスホールで歓談《かんだん》していた紳士《しんし》淑女《しゅくじょ》までもが、どんどん集まってきた。
美しい兄妹を少しでも近くで見ようと、誰もが先を争い距離を詰《つ》めてくる。
きらきら輝く大陸の華二輪に心を奪われた人々には、フローラなど見えていない。
存在すら気づかれないまま、邪魔《じゃま》な障害物《しょうがい》をどけるように、手で押しのけられた。
「あ、あの、待って……きゃあっ！」
小さなフローラは、あれよあれよという間に人波から押し出されてしまう。
人垣《ひとがき》の最後尾から、ぽいっと放り出されたフローラは、よろりとよろけた。
しばらくは人垣の周りをうろうろしてみるが、兄や姉の元へは戻《もど》れそうもない。
「皆様《みなさま》、どうぞ冷静にっ！」
エントランスとダンスホールから、複数の騎士が人波の整理に乗り出してきた。
その騎士達の手でさらに人垣から遠ざけられ、フローラはぽつんと立ちつくす。
だがやがて、諦《あきら》めたように肩を落として、人の山に背を向けた。
乱れた髪やドレスを直すために化粧室《けしょうしつ》へ向かう彼女に、目をとめる人はいない。
歩きながら、フローラは気後れした様子できょろきょろと周りを見回す。
ダンスホールとエントランスを区切るのは、太い柱のみだ。
壁も床《ゆか》も天井《てんじょう》も白一色で統一され、ホールの中央に輝くシャンデリアの明かりが、昼間のように建物の中を照らしている。金色に輝く窓枠《まどわく》や柱の装飾《そうしょく》も、目に眩しい。
もたもたと歩きながらも、フローラの目はダンスホールに向けられていた。
兄と姉の周囲に人が集中しているから、ホール内の様子がよく見える。
ホールの中央に騎士達が集まり、その中心には、金色の台座が置かれていた。
台座の上に輝く物を見つけ思わず足を止めた時、ふわっと甘い香りがただよう。
あれ、と思い顔をそちらへ向けた拍子《ひょうし》に、なにかに肩がぶつかった。
「おっと、失礼」
謝ってきた低い声に、フローラは目を丸くする。
誰もいないはずだと思ったが、いつの間にか黒い上着を着た相手が立っていた。
慌《あわ》てて顔を上げて、フローラはさらに驚《おどろ》く。
最初に目についたのは、グラナートには珍《めずら》しい黒い髪と焦《こ》げ茶色の目だ。
そして次に、相手の背の高さと整った顔立ちに視線が釘付《くぎづ》けになる。
「大丈夫ですか、レディ？」
心配そうにたずねられ、慌てて頷こうとした。
だが、顔を動かした直後。
「……いたっ！」

髪の毛がくいっと引っ張られるような痛みが走り、そっと肩を押さえられた。

「髪がボタンにからまってしまったようですね……動かないで、今外します」

優しくそう言ってきた青年が、上着のボタンに絡《から》んだフローラの髪に手を伸ばす。

フローラは恥《は》ずかしそうに、ぎゅっと両手でスカートを握《にぎ》りしめた。

「す、すみません……っ！」

「いや、こちらこそ。よし、取れた」

ボタンから外した髪を、青年が長い指でそっと持ち上げ――唇を押し当てる。

「綺麗《きれい》な髪ですね……真《ま》っ直《す》ぐで柔《やわ》らかく、まるで絹糸《きぬいと》のようだ」

そんな言葉をかけられたのも、こんなことをされたのも、生まれて初めてだ。

ぼん、と音を立てて赤くなるフローラを見て、青年は涼《すず》やかな目を優しく細める。

「だめですよ、そんなに可愛《かわい》らしい反応を見せたら。あまりにも無防備だと、怪盗《かいとう》シユバルツに狙《ねら》われてしまうかもしれませんからね」

からかうような言葉に、フローラの肩がぴくりと震《ふる》えた。すると青年はさらに言う。

「今夜は、あの怪盗を見にいらしたのでしょう？」

こくりと、無言で頷いて見せた。すると、青年の手が静かに離れる。

続いて甘い香りが近づいてきて、髪の毛と耳の間に、すっとなにかをさされた。

戸惑《とまど》いながらも手をそちらにやってみれば……花らしきものが、指先にふれる。

青年は長身を屈《かが》めてフローラに目を合わせ、にっこりと微笑《ほほえ》みかけてきた。

「お詫《わ》びに、私の一番好きな花を貴方《あなた》に。よくお似合いですよ、レディ」

そう囁《ささや》かれたフローラは、羞恥《しゅうち》に耐《た》えかねたように、ぱっと青年に背を向ける。

「あ、ありがとう……ございます……っ」

震える声でそう告げて、フローラはとてとてとその場から駆《か》け去った。

北側にある化粧室が空いているのを確認し、中に入る。

化粧《けしょう》室は、やむにやまれぬ事情により身支度《みじたく》を調《ととの》えるためにも使われる。

化粧用の鏡台はもちろん、着替えの出来るスペースもあり、広くて実に清潔《せいけつ》だ。

フローラは後ろ手に化粧室の鍵《かぎ》をしめ、ふう、と詰めていた息を吐き出す。

そして、先ほどから必死にこらえていた心の声を解放した。

「だあー、びっくりした。なにあれ、恥《は》ずかしっ、すごい背中かゆくなったっ！」

頭を抱《かか》え呟《つぶや》く姿は、先ほどまでの気弱でおどおどした姫君とは、まるで違《ちが》う。

ひとしきり自分の両腕を抱《だ》きしめ、ぼりぼりとかきながら、フローラはぼやいた。

「気配《けはい》もせず近づいてきたから、一体なに者かと思ったら、とんだ気障《きざ》男だわー」

ドレスから出た腕を顔の前に持ってくれば、見事に鳥肌《とりはだ》が立っている。

着替え用の絨毯《じゅうたん》がしかれたスペースに移動しながら、あの青年の顔を思い出した。

「国内の貴族じゃないし……もしかして、地味な女狙いの詐欺師《さぎし》だったのかしら」

苛立《いらだ》たしげに左のこめかみに手を伸ばし、そこにあった花を引き抜く。

中途半端《ちゅうとはんぱ》に房《ふさ》から外されたリラの花弁《はなびら》はもろく、それだけでぽろぽろと崩《くず》れた。

「こんなものポケットに入れて持ち歩いてるなんて、これだから気障な男は嫌よ」

緑の絨毯に散らばった紫色《むらさきいろ》の花をにらみ、髪留めをとって頭を振《ふ》る。

それだけでさらりとほどけた髪が、化粧室の明かりを受けてまぶしく輝いた。

「せっかくの大事なお役目なのに、匂《にお》いがついたら大変じゃない」

そう呟きながらも、フローラは腰のリボンをほどき、ぱっとドレスを脱《ぬ》ぎ捨てる。

青いドレスの下から現れたのは、黒いビスチェと太ももまでの短いズボン。

腰には太いベルトと、大きな鞄《かばん》がつけられている。

「大体冗談《じょうだん》にしても、シュバルツが私を狙うなんて、ありえないわ」

くすくす笑いながら、フローラは鞄から取り出した白い仮面を顔にあてた。

「だって狙われるどころか、私こそが、シュバルツなんですもの」

前髪をかきあげ笑うフローラの顔には、別人のように妖美《ようび》な笑みが浮かんでいた。

2

一国の姫が怪盗なんて、常識から考えたらありえない話だ。
だがグラナート王家が大陸の華《はな》と称《たた》えられる以前から、この伝統は続いている。
始まりは、初代国王が残した遺言《ゆいごん》だった。
『リラの目を持つ者に、世界中に散った黒の秘宝を回収する使命を託《たく》す』
青い目が特徴《とくちょう》のグラナート家に、時折生まれるリラの花と同じ紫色の目を持つ者。
それは、かつてこの地にあった聖《せい》ヴォール帝国《ていこく》の神殿《しんでん》を守る祭司の証《あかし》らしい。
そして黒の秘宝は……その祭司達が守り続けていた、帝国の神具《しんぐ》だった。
とはいっても、亡国《ぼうこく》の神具など本来なら回収する義務はない。
だが黒の秘宝の場合、そうもいかない事情があった。
黒の秘宝を手に入れた人間が、一年を過ぎると次々に命を落とし始めたのである。
それも持ち主だけではなく、その子どもや孫まで、家族全員が……。
一年を超《こ》えて黒の秘宝を所有し続けられるものは、グラナート家の他《ほか》にない。
続く不幸を止めるため、グラナートは怪盗シュバルツを生み出したのである。

そしてフローラは、そのシュバルツの第十一代目だった。

マントのような長い上着が、風を受けてふわりとふくらむ。膝《ひざ》上まで伸びた長い布のブーツも、黒い巻き毛のかつらも、頭に被《かぶ》った羽根つきの帽子《ぼうし》も、全《すべ》てが黒一色で統一されていた。

顔を覆《おお》う白いマスクと、赤い唇だけが、やけに鮮《あざ》やかだ。

ドーム型の屋根の上に立ち、フローラは悠然と微笑む。

「ご先祖様が託した大事な使命、今日もしっかり果たさせてもらうわよ」

夜の闇《やみ》を背にたたずむその姿は、先ほどまでとはまるで別人のようだ。

そっと膝をつき、足下にある明かり取りの窓から下をのぞき、小さな声で呟く。

「お兄様もお姉様も、あんなに大勢の人に囲まれて……王族って、本当に大変ね」

他人事《ひとごと》のようになってしまうのは、フローラが特殊《とくしゅ》な立場にあるせいだ。

リラの目を持つ者は、幼い頃《ころ》からシュバルツの修行《しゅぎょう》を積むべく、王都を離れる。

フローラも十五歳の社交界デビューに合わせ戻ってきたが、それまでは療養《りょうよう》と称《しょう》して辺境で暮らしていた。

先輩《せんぱい》シュバルツのおじや大おじが教えてくれたのは、王族として必要な外交知識や社交術ではなく、医術や体術を始めとする諸々《もろもろ》の技能と知識である。

一応、姫として必要な最低限の礼法などは、おじの幼《おさな》なじみのマリアに習った。

だが、フローラの中で『姫』はあくまでも仮の姿で、本業はこちらである。

先達《せんだつ》の意志を継《つ》ぎ、世に不幸をもたらす秘宝を回収する使命に、誇《ほこ》りを持っていた。

「警備の騎士《きし》の数や配置は、あらかじめ調べておいた通りで、問題なし」

中の眩《まぶ》しさに目を細めながらも、内部の状況を確認して、静かに立ち上がる。

上着のポケットから鎖《くさり》でつないだ時計を取り出せば、時刻は六時五十五分。

そろそろ、用意しておいた仕掛《しか》けが発動する。

「ハイモ、いるんでしょう？」

そっと左手をあげ、空に向かってそう声をかけた。

すると、一羽《わ》の黒い鳥がどこからともなく舞《ま》い降りてくる。

上着で包まれた二の腕にとまったのは、カラスよりも一回り大きなオウムだ。

「今日もよろしくね」

五歳の時から一緒《いっしょ》に育った相棒《あいぼう》のくちばしをなでてから、腰の鞄に手を伸ばす。

そこから細い縄《なわ》を取り出し、先端《せんたん》を屋根の頂上を飾《かざ》る鉄の飾りに結びつけた。

そしてその端を持ったまま屋根の東端《とうたん》に移動し、時計を見る。

「よん、さん、に、いち……」

ぜろ、と言いながら宙《ちゅう》に身を躍《おど》らせた。

それと同時に、それまで煌々《こうこう》と灯《とも》っていたダンスホールの明かりが、ぱっと一斉《いっせい》に落ちる。

どよめきと悲鳴が上がり、ホール内が騒然《そうぜん》となった。フローラは二階の窓辺に下り立って、音もなく窓の鍵を開ける。ハイモは外に残して、ダンスホールを見下ろせる階上席の手すりに腰掛けた。

それまで真昼のようなシャンデリアの明かりに目が慣れていた人々は、突然の闇に完全に視界を奪《うば》われている。

その間に、腰の鞄から取り出した金具つきの縄をシャンデリアに投げ、固定した。がしゃん、と響《ひび》いた音に、人々が上を向いた直後、フローラは縄をつかみ手すりを勢いをつけて蹴《け》る。そのまま振り子の要領で、ホール中央を横切るように滑空《かっくう》した。

ひゅん、と音を立てて騎士達の頭上をすり抜《ぬ》け、台座の上の黒の秘宝を奪う。片手を伸ばしてつかまえた、手の平に収まる獲物《えもの》は、手早くポケットにしまった。

そのまま西側まで行き、階上席の手すりが近づいたところで、ぱっと飛び移る。

手すりの下部にぶら下がった状態から、ひらりと宙返りのように上に上がった。

窓を開けたところで、闇に目が慣れたのか騎士の誰かがあっと叫《さけ》ぶ。

「いたぞっ、シュバルツだ！」

ホール中の視線が集まる中、フローラはふわりと上着を広げ、優雅《ゆうが》に一礼した。

「ファッケル氏所有の黒の秘宝、この怪盗シュバルツが確かに頂戴《ちょうだい》いたしました」

階上席へ続く階段に、我先にと群がる騎士達をよそに、穏《おだ》やかに右手をあげる。

「大切な宝を奪う非礼の詫びに、せめて今宵《こよい》は皆様《みなさま》に、大輪の花を贈《おく》りましょう」

その言葉から間を置かず、耳をつんざく轟音《ごうおん》が響いた。

続いてフローラの手が示した西の空が、ぱっと明るくなる。

白く輝くそれは、大輪の花のように夜空を彩《いろど》る花火だ。

歓声《かんせい》とどよめきが起こる中、階段を上ってきた騎士達がフローラに迫《せま》ってくる。

「左右から回り込め！」

指揮官の指示が響く中、フローラは軽やかに窓枠《まどわく》に上り、片手を振ってみせた。

「それでは、ごきげんよう」

ホールの人々と騎士達にそう告げて、窓からひらりと近くの木に飛び移る。

「待てっ！」

背後で慌《あわ》てたような声が聞こえた。だがもちろん、待つつもりは全くない。

窓に近い枝には、すでにハイモが待機《たいき》していた。脱いだ上着をつかませれば、相棒は心得《こころえ》たようにさっと飛び上がり、がさがさと梢《こずえ》を揺《ゆ》らして他の木へ移動した。

近くにいた騎士は、それを見て声を張り上げる。

「いたぞっ、シュバルツだ！」

ドームの外周を守っていた騎士は、木の枝を揺らし遠ざかる黒い影《かげ》を追い始めた。

木の幹に身を寄せて、騎士達が遠ざかるのを待ち、頃合《ころあ》いを見計《みはか》らい下に下り、ドームを囲む花園に隠《かく》れた。

花園にある噴水《ふんすい》で、マリアと合流しドレスに着替える手はずになっている。

あらかじめ調べておいた裏道を通って、南西を目指すことにした。

花園に造られたその裏道は、手入れをする庭師が客人の前に出ることがないよう、花園の端から端まで繋《つな》がっている。出入りする木戸は小さく、花の陰に隠れるように設置されていた。

それをくぐって細い道に入り、しばらく進むが……途中で、あることに気づく。

「さっきからこそこそ跡をつけてきているようだけど、一体どこのどなたかしら？」

「おや、気づいていたのか。足音も気配《けはい》も、消していたつもりだったんだけどな」

楽しげな声は、さほど遠くない位置から響いた。

フローラは、振り返る前に大きく息を吸って、状況を整理する。

ここは人一人通るのがやっとの、茂《しげ》みに左右を囲まれた細い道だ。

いざとなったら逃《に》げ場は、五メートルほど先の木戸か、上しかない。

相手の出方をうかがいながら、ゆっくりと背後を振り返る。

「確かに貴方《あなた》の尾行《びこう》は上手《じょうず》だったけれど、匂いはごまかせないものよ?」

月に背を向けるようにして立っていたその青年には、見覚えがあった。

花園の花とは違《ちが》う甘い香りをただよわせた、背の高い黒髪の青年は、間違《まちが》いない。

エントランスでぶつかった、あの気障《きざ》男だ。

「そうか、匂いか」

くすくすと笑いながら、腕を組んだ青年が近づいてくる。

フローラは相手との距離を測りながら、退路を上にとるべく足に力を込めた。

だが頭上に突《つ》き出た太い木の枝に飛びつこうとした、まさにその時。

「確かに、君の髪から香るリラの香りも、こんなに甘く感じられるものね?」

優しげなようでいて、底の知れぬ鋭《するど》さを宿した眼差《まなざ》しで、そう言われた。

フローラは思わず動きを止め、青年をじっと見つめる。

すると青年は長い指で、そっと自らのこめかみを示した。

丁度、お詫《わ》びだと言ってフローラの髪に花をさしてきたのと、同じ場所である。

「先ほど会った時とは、印象がずいぶん違うから驚《おどろ》いたよ。でも、迷子《まいご》の子猫《こねこ》を装《よそお》い会場内の警備を確認するなんて、大胆《だいたん》なことをするものだ」

「あら、なんのことしから？」

ふっと、謎《なぞ》めいた笑みを浮《う》かべながら、フローラは腰に手を当て青年を見上げた。

「残念ながら私には、貴方と会った記憶なんてないのだけれど」

「酷《ひど》いな、私は君のことを忘れたことなんて、一時《ひととき》もないというのに」

切なげな目でそう言った青年が、すっとフローラに手を伸ばしてくる。

その手が肩に触《ふ》れてくるのと同時に、軽やかに地面を蹴り、木の枝に両手をかけて逆上《さかあ》がりの要領で身体《からだ》を持ち上げた。

枝の上に膝をついて青年を見下ろすと、相手はなぜか楽しげに笑っている。

「まるで君は、人馴れない黒猫のようだな。触《さわ》られるのは、お嫌《きら》いかい？」

「ええ、大嫌いなの。引っかかれなかったことに、感謝して」

ちらりと花園の方を見た。騎士の姿はない。噴水まで、茂みを利用して隠れれば、花園の順路を通っても大丈夫だろう。

その動きに気づいたのか、青年は寂《さび》しそうな顔で首を傾《かし》げた。

「せっかく君に会うためにここで待っていたのに、もう行ってしまうんだ」

「知らない男の人とはあまり話しちゃいけないって、言われているの」

「なるほどね、じゃあこれは次に会う時まで私が預かっておくよ」

月明かりの中で、青年がすっと右の手を持ち上げる。

糸のように細いものが、長い指の先できらりと光った。

「可愛《かわい》く身軽な黒猫さん、次からは毛繕《けづくろ》いにもっと気をつけないとね？」

隠した毛色が見えているよ、と囁《ささや》かれ、とっさに手をかつらへと伸ばす。そして、激しい後悔《こうかい》に思わず唇を歪《ゆが》めた。

——違う、あの髪もフェイクだ！

かつらを被る前に、自分の髪は丁寧《ていねい》に編《あ》み込んである。

あれは、エントランスでぶつかった時のものだ。リラの花の香りと一緒で、青年はかまをかけてきただけである。引っかかった自分に、つい舌打ちしそうになった。

今までより警戒《けいかい》を強め、フローラは低い声で呟《つぶや》く。

「今日は風が強いから、自慢《じまん》の髪が乱れてこまっているの。恥《は》ずかしいから、あまり見ないでくれると嬉《うれ》しいわ」

青年の持っている髪に反応したのではない、という態度をとった。

だが、おそらく見抜《みぬ》かれている。なにせ相手は、フローラの行動を先読みし、この裏道で待っているような男だ。

――いつ、怪《あや》しまれたの？

自分を見つめてくる青年の目を見返しながら、フローラは微《かす》かに眉《まゆ》をひそめる。

着替える前、ダンスホールの華《はな》やかさに怯《ひる》む地味な小娘《こむすめ》を演じつつ、警備の状況を確認した。あそこでぶつかってきた時から、怪しまれていたのだとしたら……。

この青年は爽《さわ》やかな見た目に反し、どうやらとんでもなく厄介《やっかい》な相手らしい。

「どこかの国の騎士様か、最近流行の探偵《たんてい》さんなのかしら？」

「どちらでもない、ただの君の大ファンさ」

でも、と続けた青年が笑みを消し、その整った顔に精悍《せいかん》な印象が強くなる。

「ただのファンでいるのは少々飽《あ》きてきたんだ。私と一つ、勝負をしないかい？」

勝負、と首を傾げたフローラに、青年は不敵《ふてき》な笑みで告げてきた。

「宣戦布告《せんせんふこく》だよ、怪盗《かいとう》シュバルツ。次に会った時……私は君を必ず捕《つか》まえる」

自信に満ちた声が、夜の花園でやけにはっきりと響く。

まるで獲物を狙《ねら》う獣《けもの》のような眼差しに、背筋がすっと寒《あで》くなった。

だがフローラは、一瞬でも臆《おく》した自分を恥じ、すぐに艶やかな笑みを浮かべる。

「出来るものなら、やってみればいいわ」

マスクの奥に隠れた大きな目が、挑発的《ちようはつ》にきらりと輝いた。

白手袋でもしていたら、間違いなく投げつけてやったところである。

「怪盗シュバルツは絶対に、捕まらない」

そう告げるフローラの声もまた、青年に負けぬ強い自負に彩られていた。

百五十年守り通した一族の秘密を、フローラの代で終わりにはさせない。

しばしにらみ合ってから、フローラは枝の上にすっくと立ち上がる。

そろそろ、行かねばならない。マリアが心配して、こちらへ来ると大変だ。

「それじゃあ、バイバイ名無《なな》しさん」

「バイバイ、じゃないよ、可愛い私の黒猫さん」

背を向けたフローラに、青年がくすくすと笑いながら言ってくる。

「そこは、またねと言うべきだ——次に会えるのを、楽しみにしているよ」

返事はしなかった。

ただ無言で片手を上げて、ひらりと一度だけ振《ふ》って見せる。

そして立っていた枝から、裏道を囲む茂みの向こう側に飛び下りた。

咲《さ》き乱《みだ》れるアネモネの花の合間《あいま》に着地し、音もなく駆《か》け出す。

またね、が本当になる日なんてあるはずはない。この時はまだ、そう思っていた。

3

ファッケル氏の屋敷から、黒の秘宝を回収した翌日。

フローラは人払《ひとばら》いをした自室の応接間で、長椅子《ながいす》に座り深くうなだれていた。

暗い藍色《あいいろ》のドレスと相《あい》まって、広い部屋には早朝から沈鬱《ちんうつ》な空気がただよう。

昨日の夜から寝ていないせいで、青ざめた顔にはくっきりくまが出来ていた。

フローラの前に置かれたテーブルには、肖像画《しょうぞうが》が山のようにつまれている。

「……だめだ、ない」

ぼそっと呟く声に、怪盗シュバルツとして振る舞《ま》っていた時の力強さは一切《いっさい》ない。

前髪をかきあげ、大きな目と愛らしい顔が台無しの苦い顔で、フローラはうなる。

「あの気障男、本当にどこの何者よ？」

宣戦布告してきたあの男の素性《すじょう》を調べるため、帰ってすぐ手に入る限りの肖像画を集めた。だが結果は全くの空振《からぶ》りだ。こうなると、余計《よけい》に昨日の失態が悔《く》やまれる。

「せめて正体さえわかれば、対策も立てられると思《いだ》ったのだけれど……」

地味姫《じみひめ》を演じていたフローラの挙動《きょどう》に疑問を抱き、声をかけてきた上、逃走《とうそう》経路を先読みして待ち伏《ぶ》せしたあの青年は、一体何者なのか。

それがわからぬ今は、彼の目的すら推測《すいそく》できない。

怪盗シュバルツの逃走経路を知りながら、一人で待っていたのも不自然だ。

「大体私を捕まえたいなら、どうして騎士《きし》達と連携《れんけい》して待ち伏せしなかったの？」

いっそあの道に騎士《きし》らが潜《ひそ》んでいてくれれば、事前に察知し別の道を選べただろう。

ファッケル氏のもとに黒の秘宝が来てから、逃走経路は幾《いく》通りも考えてあるのだ。

そう、準備はかなり整えてあったのである。

ファッケル氏はダンスホールを使う時、シャンデリアから廊下《ろうか》の蠟燭《ろうそく》に至るまで、全部新品にする習慣があるから、芯《しん》に細工《さいく》を施《ほどこ》したものとすり替《か》えた。花火は定刻に上がるよう細心《さいしん》の注意を払《はら》って仕掛《しか》けて、滑空《かっくう》の際に使うロープの長さも試行錯誤《さくご》を繰《く》り返してとにかく万全を期してお役目にのぞんだのである。

「それがまさか、あんな失態を演じるなんて」

ぎりぎりと歯ぎしりしそうな顔でそう言った時、ノックもなく扉《とびら》が開いた。

人払いをしている今、ノックもなしに入ってくるのは一人しかいない。

「あらあら、怖《こわ》いお顔ですね」

部屋に入ってきたマリアが、茶色いドレスを揺《ゆ》らして歩み寄ってくる。

質素なドレスも、きっちりとまとめられた結《ゆ》い髪も、いかにも侍女《じじょ》らしい。

しかしよく見れば、その理知的な顔と洗練された物腰《ものごし》が、育ちのよさを物語る。

「夜通し肖像画とにらめっこをした後は、反省会ですか?」

「だって、独り立ちして二度目のお役目で、もう目をつけられるなんて……」

あまりにも悔《くや》しくて、眉間《みけん》にぐっと力がこもった。

こんな感情をむき出しにした顔は家族にも見せないが、マリアは特別である。

彼女の一族も、元をたどれば黒の秘宝に関係していて……今も協力者として未熟なシュバルツを補佐《ほさ》してくれていた。幼い頃《ころ》は育ての親として、十五歳で王宮に戻《もど》ってからは、見習い期間である三年間の見守り役として、いつもそばにいてくれる。

マリアはフローラの隣に音もなく腰を下ろすと、柔《やわ》らかな笑みで話しかけてきた。

「だからこその、三年ルールですよ」

社交界デビューの十五歳と同時に、リラの目を持つ者は怪盗シュバルツとして独り立ちする。ただし、それから三年間はあくまでも『見習い』だ。

一人で行動するのは、国内のみ。

お役目の時には必ず、見守り役のマリアが同行する。

もし他国に遠征《えんせい》する場合も、あくまで他《ほか》のシュバルツの補佐としてだ。

マリアは不甲斐《ふがい》なさを恥じるフローラに、優しい笑みを向けてくる。

「少なくとも昨夜《ゆうべ》は、私を呼ばずお一人で切り抜《ぬ》けられたのですから、及第点《きゅうだい》です」

「でも怪盗シュバルツなら、本当は満点じゃなくちゃいけないわ」

怪盗シュバルツへの憧《あこが》れは、誰より強い。

世に不幸をもたらすという黒の秘宝を回収する役目も、誇《ほこ》りに思っている。

だから自分の失態で、怪盗シュバルツの戦績に泥《どろ》を塗《ぬ》るのは、絶対に嫌《いや》だ。

「しっかりしないと」

ぐっと膝《ひざ》の上で両手を握《にぎ》りしめ、フローラは気合いを入れ直す。

日頃《ひごろ》の地味姫の演技でも、さらに徹底《てってい》して気配《けはい》を消すようにしなくてはならない。

誰の目にもとまらず、どこにいてなにをしていても、気にされない人間になろう。

目標は、空気と同化して無視されるくらいの、完璧《かんぺき》なる存在感のなさだ。

「私もいつかおじ様や大おじ様のように、忘れられた王族になってみせる……っ！」

まだ生存しているのに、気づけば他の国の人どころか、自国の貴族や民衆《みんしゅう》達にさえ死亡した人間だと思われている、存在感皆無《かいむ》な先達《せんだつ》の領域に、早く達したい。

ふつふつと闘志《とうし》を燃やすフローラを、マリアが複雑そうな目で見てくる。

「アドルフには、あんまり似なくてもいいですよ」

「あら、どうして?」

「穴の開いた靴下《くつした》を平気ではいたり、上着のボタンを取れっぱなしにしたり、ほんの少し連絡が取れないだけで大騒《おおさわ》ぎするような大きな子どもは、二人もいりません」

心底辟易《しんそこへきえき》した顔でそう言われて、フローラは思わず笑ってしまった。

マリアとおじのアドルフは、年が六歳違《ちが》うものの幼《おさな》なじみで、おじいわくマリアは『無二の親友』である。本来なら許されぬ辛辣《しんらつ》な言葉も、マリアなら特別らしい。

相変わらず仲がいいのね、と言おうとした時、部屋の扉が慌《あわ》てたように叩《たた》かれた。

「申し訳ございませんっ、国王陛下から、火急《かきゅう》の用向きがあると連絡が!」

慌てたような声が、扉の外から聞こえてくる。

すぐに部屋にお越しを、と告げる伝令役に、すぐ行くと伝えて下がらせた。

その後で、フローラは緊張《きんちょう》した面持《おもも》ちでマリアを見る。

「火急の呼び出しなんて、何事かしら?」

「わかりませんが、いい予感はしませんね。昨日の一件と関係があったりは……」

フローラも一瞬《いっしゅん》ひやっとして青ざめたが、冷静に考え、首を横にふった。

「証拠《しょうこ》はなにも、残していないわ。たとえ私のことを知っていたって、昨晩現れたシュバルツがグラナートの地味姫だと証明することは、誰にも出来ない」

そうですね、と頷《うなず》くマリアの傍《かたわ》らから立ち上がり、フローラは戸口へと向かう。

「なんの用件かは、聞いてみればわかるわ。マリア、一緒《いっしょ》に来て」

「はい、もちろん」

さっと後ろに続くマリアと一緒に、フローラは父の私室へと向かった。

もちろん、扉を開ける前に前髪と顔の脇《わき》の髪をたらし、顔を隠《かく》すのは忘れない。

一歩部屋の外に出れば、フローラを包む気配はがらりと変わった。

小さな背中を丸めてさらに身を縮《ちぢ》め、足音もなくすうっと滑《すべ》るように歩く。

王族の居住区は北棟《とう》に統一されており、国王の部屋は階段を上ればすぐに着いた。

王の私室ということで、マリアはお付きの者が待つ部屋で待機《たいき》するらしい。

フローラは一人扉の両脇《りょうわき》に立つ騎士に近寄って、そっと声をかける。

「あの……」

驚《おどろ》いたように「うおっ」と、声を上げた騎士に、申し訳なさそうに告げた。

「す、すみません……お父様から、呼ばれたと聞いたので……」

入ってもいいですか、とたずねると、ようやく慌てたように扉を開けられる。

礼を告げて中に入ったフローラの背中で、ぼそっと「幽霊《ゆうれい》かと思った」と呟《つぶや》く声が聞こえてきた。やった、という思いを必死に押し止《とど》めて、部屋の主《あるじ》に声をかける。

「お父様……お待たせいたしました」

だが、初めの呼びかけに返事は返ってこなかった。

父の私室は入ってすぐの一間《ひとま》が、長椅子《ながいす》とテーブルが置かれた応接間になっている。

正面の一人がけの椅子に父が座って、左側の長椅子に兄と姉がいるのだが、どうもフローラに気づいていないようだ。

不用心だな、と思いながらフローラはすすっと三人の方へ歩み寄る。

グラナート王家の表の顔が三人並べば、それだけで目眩《めまい》がするほど美しい。

王の部屋に相応《ふさわ》しい格調《かくちょう》高い応接間の中は、画家が見たら泣いて喜ぶ美景だ。

だがどうにも――部屋の空気が、重い。

これはいよいよなにかあったな、と覚悟《かくご》を決めて、再び声をかける。

「フローラです……ただ今、参りました」

わっ、と声をそろえて驚いた三人が、応接セットのすぐ手前にいたフローラを見て目を丸くした。控《ひか》えめな笑みを浮《う》かべて一礼すると、父がこほん、と咳払《せきばら》いをする。

「気づかず、すまなかったな。フローラ、そちらに座りなさい」

兄と姉が座っている長椅子とは、反対側の椅子を示してそう言った。

「実は本日、隣国《りんごく》ヘルシャーの使者が、このようなものを届けてきた」

そう言いながら、父は内ポケットから取り出した紙を、テーブルの上に広げる。

フローラは前髪ごしに目をこらし、書かれている文字を素早《すばや》く目で追った。

「これは……花嫁選考会のお知らせ、とありますが……」

「ああ、そうだ。ヘルシャーの嫡子《ちゃくし》が、自分の伴侶《はんりょ》を選ぶため開くらしい」

父の言葉を聞いて、フローラは文字を追うのを中断し、怪訝《けげん》な顔で首を傾《かし》げる。

なぜ父がこれを見せるのかが、わからない。フローラは、リラの目を持つ人間だ。

一応王家の一員に名を連ねてはいるが、本質的な部分では、王族とは違うくくりに分類されている。このような政略《せいりやく》がらみの問題は、完全に専門外だ。

しかし、フローラの戸惑《とまど》いに気づいた父は、慌《あわ》てたように最後の部分を指さす。

「ここを、読んでみてくれ。同盟国から候補を募《つの》って、嫡子の花嫁を決めた後、その花嫁の祖国に友好の証《あかし》として……黒の秘宝が、贈《おく》られるらしいのだよ」

その言葉を聞き、文書を何度も読み返し、フローラの顔がじょじょに青ざめた。

花嫁の祖国に贈られるのは、ブラックダイヤを使ったティアラだ、とある。

それは以前から所在《しよざい》がつかめなかった、黒の秘宝のうちの一つだ。

ここに書かれていることが正しいなら、二か月前にヘルシャーの嫡子が自ら花嫁のために購入《こうにゆう》した品物らしいが……。

「どうして、よりによってこんないわくつきの品を贈り物に選ぶのよっ！」

思わず演技も忘れて、声を荒《あら》らげてしまった。

驚いた顔をしている家族に気づいて、慌てて焦《あせ》りを押し止め、声を小さくする。

「あの……このヘルシャーの花嫁選考会に、お姉様は参加なさるの……？」

「いいえ。実はヘルシャー以外の国と、内々《ないない》に縁談《えんだん》が進んでいるところなの」

ごめんなさい、と謝ってくる姉に、慌てて頭《かぶり》を振《ふ》った。

「どうか、お気になさらず……元々、リラの目を持つ者以外、黒の秘宝に関わってはいけない決まりですもの。これは私が対処すべき、問題です」

口調《くちょう》はいつもの地味姫《じみひめ》のままだが、言葉にこもった強い意志は隠せない。

黒の秘宝を回収するのは、あくまでもリラの目を持った者のみが背負う使命だ。

だからたとえ姉が選考会に出るにしたって、頼《たよ》るつもりはない。

けれどフローラは、まだ見習いの身である。本来なら、国外の黒の秘宝を回収する時には必ず先達と一緒に向かうべきところだ。

しかし今、大おじは寝込《ねこ》んでおり、おじは異国でいつ帰るともわからない。

フローラはそっとあごに手を当て、眉根《まゆね》を寄せる。

「花嫁選考会の開始が半月後で、期間は一か月……」

それが終わりヘルシャーの外に宝が出てから動く方が、本来なら望ましい。所有してから一年以内なら、今までの例を見る限り不幸な偶然《ぐうぜん》は起きていないし、さすがにその頃にはおじや大おじも動けるようになっているはずだ。

ただし今回は、相手が相手で、状況が状況である。

「……もし、ヘルシャーから贈られた友好の証を失えば、問題になりますよね？」

強《こわ》ばった顔でたずねるフローラに、兄がこくりと頷いた。

「そうだね。大事な友好の証となると、いくら相手がシュバルツでも、仕方ないではすまされない。ましてヘルシャーは、今この大陸で最も勢いのある大国だ」

おそらく宝を奪《うば》われた国は、苦境《くきょう》に立たされるだろうと、言われてしまう。

フローラはそれを聞いて、静かに目を閉じた。

怪盗《かいとう》シュバルツには、三年ルールの他にも、いくつか掟《おきて》がある。

その中に——黒の秘宝に関わった人間を絶対不幸にしない、という項目《こうもく》があった。

シュバルツが黒の秘宝を盗《ぬす》んだことで、花嫁やその祖国が苦しい立場に立たされることなど、あってはならない。目を開いて、フローラはそっと胸を押さえた。

——今動けるのは、私だけだ。

おじ達の到着までに出来る限りの情報を集め、準備を整えて……もし花嫁選考会の終了までに二人がこられない場合は、代わりになんとしてでも黒の秘宝を回収する。

まだ見習い期間とはいえ、怪盗シュバルツである以上、掟は破れない。

幸《さいわ》いなことに、今回開かれるのは花嫁選考会である。

「お父様……いえ、陛下に一つ、お願いがあります」

フローラは居住《いず》まいを正し、父に向かっていつもとは違う凜《りん》とした声で告げた。

「どうか私を花嫁候補として、ヘルシャーへ行かせてください」

「いや、しかし……」

父だけではなく、兄と姉もそろってもの言いたげな顔をしてくる。

だが、二年前におじの手伝いで下働きとしてヘルシャーの王宮に潜入《せんにゅう》して、警備の厳重《げんじゅう》さは嫌というほど知っていた。あそこに一人で行くのは、危険すぎる。

花嫁候補として潜《もぐ》り込み、内部から情報を探《さぐ》るのが、一番安全で確実だった。

フローラはすっくと立ち上がり、地味姫ではなく、リラの目を持つ者として大きな目をきらりと輝《かがや》かせる。

「リラの目を持つ者の使命は、黒の秘宝が人々に不幸をもたらすのを未然に防いで、あるべき場所に秘宝を戻《もど》すことです。必ずや、お役目を果たしてみせます」

怪盗シュバルツの名にかけて、と告げたフローラに、父達は静かに頷いた。

4

ヘルシャーの地を訪れるのは、十四歳の春以来だ。

ただ、今回花嫁選考会が行われる『青の離宮《りきゅう》』に入るのは、初めてである。

傍《かたわ》らに置いたハイモの入る鳥かごを見つめ、小さな声で呟いた。

「花嫁選考会にペットを連れていくなんて、地味姫らしくない奇行《きこう》かしら」

「大丈夫ですよ、フローラ様。むしろ『オウムしか友だちがいない』という孤独《こどく》さが、地味姫っぽさをより強めてくれるはずです」

向かい側の座席からそう言ったマリアが、フローラをしげしげと見つめて続ける。

「それに今日のフローラ様は、いつにもまして目立ちませんもの」

「お兄様とお姉様が、目立たないように、たくさんアドバイスをくださったから」

フローラはくすりと笑って、着ている淡い黄色のドレスを見下ろした。

一見すると普通なのだが、フローラの髪の色とよく似たこのドレスは、着ていると全体的にぼんやりした印象を作り出してくれる。

侍女《じじょ》のマリアも、相変わらずの茶色いドレスと、未亡人のようなまとめ髪という、控えめすぎる装《よそお》いだが……フローラの地味さは、それ以上だ。

「絶対に見初《みそ》められるな、なんて言われたけれど……心配はいらないのにね？」

過保護《かほご》なまでに心配していた兄と姉を思い出し、つい苦笑《くしょう》がこぼれる。

ヘルシャーほどの大国なら、きっと盛大《せいだい》な花嫁選考会になるはずだ。フローラなど声をかけられることすら、まずないだろう。ただ気になる点も、なくはない。

「急すぎる話だったから、参加したくても出来ない人も多いでしょうけれど」

花嫁候補の選考会をする通知が来たのが、わずか半月前。

そして選考が行われるのは、なんと明日からである。

隣国のグラナートからですら、山脈を越《こ》えるため前日入りがやっとだった。

遠方の国からでは、選考会の開始に間に合わないだろう。

危なかったな、と呟いていると、マリアが首を傾げながら言ってきた。

「ヘルシャーの嫡子様は、なぜこうまで急いで伴侶を決めたいのでしょうね？」

「私も疑問に思ったけれど、調べてみたらかなり難しい立場にいるみたいだから」

フローラは今日まで調べた情報を思い出し、言葉をにごす。

ヘルシャーの嫡子であるクレメンスは、長子《ちょうし》だが現在の王妃の子ではない。

早くに母を亡《な》くし、義母と異母弟《いぼてい》と彼らを支持する派閥《はばつ》に狙《ねら》われ、十八で国王から正式に嫡子の指名《しめい》を受けるまで、何度も落命と廃嫡《はいちゃく》の危機を味わったと聞いていた。

国や政治についてはとんと疎《うと》いフローラだが、それでもクレメンスが味わってきた苦労が並大抵《なみたいてい》のものではないことくらいわかる。

一年前から義母と異母弟は遠方の領地に移ったらしいから、今結婚の話が出たのもそういった事情に絡《から》んでのことではないだろうか。

「余計《よけい》な邪魔《じゃま》が入る前に、早く相手を決めてしまいたいのかもしれないわね」

フローラがそう推測《すいそく》すると、マリアも同意するように頷《うなず》く。

しかしその後で、それまでと違《ちが》う困ったような顔で言ってきた。

「ただ、そのために短期間で準備をさせられる花嫁候補は、大変です」

「そうね。選考会で選ばれる気がない私ですら、色々と面倒《めんどう》だったし」

ヘルシャーの花嫁選考会では、催《もよお》しを通じ花嫁候補と嫡子がふれ合い、相性《あいしょう》のよい相手を見つけるらしい。ダンスや乗馬はもちろん、なんと追いかけっこなどという、冗談《じょうだん》なのか本気なのかわからない項目もあるようだ。

しかも選考会というからには、それらについて必ず優劣《ゆうれつ》をつけるのだろう。

「王族って大変ね、自分の行動で国の評価まで左右されてしまうんだもの」

苦い顔で、フローラは呟《つぶや》いた。

世間的にはみそっかすの地味姫だから、素晴《すば》らしい動きは期待されていない。

それでも、たとえお役目のためとはいえ王族として来ている以上は、見苦しくないい程度には取り繕《つくろ》わねばならなかった。その微妙《びみょう》なさじ加減が、とても面倒くさい。

「参加するふりだけして途中でこっそり抜《ぬ》けられれば、理想的よね」

「そこはフローラ様の腕の見せ所ですよ」

マリアにそう言われ、フローラは不敵《ふてき》な笑みを浮《う》かべた。

「大丈夫《だいじょうぶ》、百花繚乱《ひゃっかりょうらん》の花嫁選考会なら、私のことなんて誰も気にしないはずだもの」

そう、自信満々に告げた、わずか数時間後。

フローラは、到着した花嫁選考会の会場で、予期せぬ事態に遭遇《そうぐう》していた。

高らかに歓迎《かんげい》のラッパが鳴り響く中、フローラを乗せた馬車の扉《とびら》が開く。

白く輝く離宮を正面にした前庭の一等地は、賓客《ひんきゃく》のための降車場だ。

気配《けはい》と足音を殺して馬車から降りたフローラは、広がる景色に唖然《あぜん》とする。

――なんなの、この盛大なお出迎《でむか》えは!?

前庭に広がる美しい池を横切り、離宮の正面口へと伸びる白い橋は花で飾《かざ》られて、いかにも祝い事らしい華《はな》やかさをかもし出していた。

さらに池の周りをくるりと囲むように、着飾った衛士《えじ》や音楽隊が並んでいる。

青く澄《す》んだ空を背景に、フローラの到着を祝う白い鳩《はと》がぱたぱたと飛んでいった。

誰かと間違《まちが》えているのでは、と思ったのだが、その直後に侍従《じじゅう》が高らかに叫《さけ》ぶ。

「グラナート国第二王女、フローラ姫がご到着にございます！」

その言葉に応じるように、再びラッパが吹かれ、歓迎の音楽が流れ始めた。

フローラは思わぬ派手《はで》な出迎えに動揺《どうよう》しながらも、地味姫らしくおどおどと視線をさ迷わせて、恥《は》ずかしそうにうつむこうとする。

しかし、その時。

前方の離宮から出てきた人物を見て、思わず動きが止まった。

池の中心を通る白い橋をわたり、黒い上着をなびかせた青年が近づいてくる。

「ようこそお越しくださいました、レディ」

低くて響《ひび》きのいい声も、涼《すず》やかな目が特徴《とくちょう》の整った顔も、しっかり覚えていた。

――どうしてあの怪《あや》しい気障《きざ》男がここにっ!?

ひゅっと、変な音を立てて息を吸い込んでしまう。

冷や汗《あせ》が背を伝うのを感じながら、前髪で隠《かく》した目を微《かす》かに見張った。

短い黒髪と、丈の長い上着が、いかにも清潔《せいけつ》そうに風になびいている。

明るいところで見ると、やっぱりたいそう顔がよろしい。ただ、よく見ると優しい表情で誤魔化《ごまか》しているものの、目元がちょっときついようだ。

などと冷静に観察してみるが、実際はかなり動揺している。

一歩相手が近づいてくるごとに、フローラの心拍数《しんぱくすう》がはね上がった。

「馬車酔《よ》いは、大丈夫でしたか？」

そうたずねてくる相手との距離は、もう二メートル……いや、一メートルもない。

凍《こお》り付いている間にも、青年はフローラのすぐ前までやってくる。

「急な申し出を受けて頂き、感謝します。こうしてお会いするのは、二度目ですね」

その言葉で、彼がフローラを覚えていることを知り、さらに鼓動《こどう》が速くなった。

だが、必死にそれを押《お》し隠して、さも世慣《よな》れない姫君らしい態度で答える。

「は、はい……お、覚えていて頂けて、こ、光栄です……」

ぎこちなく一礼する姿は、まさに野暮《やぼ》ったくて冴《さ》えない地味姫《じみひめ》そのものだ。

美形大国グラナートの姫がこれか、と普通なら拍子抜《ひょうしぬ》けした顔をされる。

しかし青年は、フローラの挨拶《あいさつ》を聞くや朗《ほが》らかな笑みを浮かべた。

「光栄なのは、私の方です。ようこそ、我が祖国ヘルシャーへ」

我が祖国……？

まさか、と思った。そして嫌《いや》な予感は、的中する。

「そういえば、まだ名乗っていませんでしたね。ヘルシャー家の、クレメンスです」

以後お見知りおきを、と呟いた相手が、フローラの手をすっと持ち上げた。

そしてその手の甲《こう》に、そっと柔らかい唇を押し当ててくる。

「到着を、心よりお待ちしておりました。よろしく、私の花嫁候補殿《どの》」

つかまれた手が解放されるまで、フローラは呼吸すら出来ずにいた。

一方クレメンスは、実に申し訳なさそうな顔をして、フローラに言ってくる。

「そうだ、最初にお詫《わ》びしなくては。実は手違《てちが》いで、グラナート国にのみ、異母弟の肖像画《しょうぞうが》が私のものとしてわたっていたようです。驚《おどろ》かせて、申し訳ありません」

一見本気で恐縮《きょうしゅく》しているようで、クレメンスの目は楽しげに輝いていた。

——まさか、わざと？

ファッケル氏の屋敷で会った時から、フローラがグラナートの地味姫だと気づき、自らの元へおびき出すため故意に肖像画を取り違えたのだとしたら……。

浮かんだ考えに、フローラは慄然《りつぜん》とする。

だがすぐに、ぎゅっと両手を握《にぎ》って胸の不安を追い払《はら》った。

——落ち着いて。たとえ相手に正体を知られていたって、証拠《しょうこ》はなにもない。

フローラがファッケル氏の屋敷でぶつかったことは、確かな事実である。

だが、花園の裏道でこの青年が出会った怪盗《かいとう》シュバルツがフローラであることは、認めさえしなければ証明できない。しらをきり通し、地味姫を貫《つらぬ》けばいい話だ。

そう結論づけ、フローラは見つめてくるクレメンスに、はにかんだ口調《くちょう》で言う。

「お、驚くなんて、とんでもないです……」

「そうですか、そう言って頂けるとほっとします」

にっこり微笑《ほほえ》むクレメンスから、恥じらう素振《そぶ》りでうつむき目をそらした。

後はこのまま、ではごゆっくり、と言って立ち去ってくれるとありがたい。

しかしフローラの希望をよそに、クレメンスは思わぬことを言ってきた。

「ところで姫君。お顔の色が優《すぐ》れないようですが、大丈夫ですか？」

すっと長い指が伸びてきて、フローラのうつむいていた顔を静かに持ち上げる。

突然のことに驚き目を見張ると、視線が絡み合った。

「フローラ姫はお身体《からだ》が弱く、十五歳になるまで地方で静養をしていらしたとか……慣れぬ長旅は、さぞお辛《つら》かったでしょう。か弱い貴方《あなた》に、無理はさせられないな」

失礼、と呟いたクレメンスは、驚くべき速さでフローラの肩に手を回してきた。

そうしてもう一方の手で、すっと膝裏《ひざうら》をすくわれる。

逃げる間もなく横抱《よこだ》きにされ、ふわっと両足が宙《ちゅう》に浮き上がった。

「……なっ！」

目を丸くしたフローラの全身が、覚えのある甘い香りで包み込まれる。

フローラを横抱きにしたクレメンスは、白い歯をきらりと輝《かがや》かせ微笑んだ。

「お部屋まで、お連れいたしましょう」

「け……っ！」

結構です下ろしてください、と叫びかけて、フローラは慌《あわ》てて口を閉じる。

今のフローラは、おどおどして気弱で冴えないグラナートの地味姫だ。はっきりと自分の意思を相手に伝えることは出来ない。顔を両手で覆《おお》い、苦境《くきょう》を噛《か》みしめる。

だがそこに、クレメンスがさらなる追い討《う》ちをかけてきた。

柔《やわ》らかな唇がそっとフローラのこめかみに触《ふ》れ、甘い声で囁《ささや》いてくる。

「誤解しないでくださいね。こんなことをするのは、貴方にだけだから……」

そんな言葉を口にされても、嬉《うれ》しいどころか苦悩《くのう》が深くなるだけだ。

クレメンスは金縛《かなしば》りにあったように動かぬフローラを抱《かか》え、颯爽《さっそう》と歩き出す。

楽隊がその歩みに合わせて華やかな曲を奏《かな》で、池の周りの人々が花をまいた。

「ふふ、ご覧なさい。まるで気の早い結婚式のようですよ？」

嬉しそうな声でクレメンスに耳打ちされ、フローラは絶望に身を震《ふる》わせる。

――どうしてこうなった……っ!?

恐《おそ》るべき空気との同化率を誇《ほこ》り、これまでどんな宴《うたげ》でも常に存在に気づかれずに、徹底《てってい》して地味で冴えない姫を演じてきた。今回だってそうなるはずだったのに……。

今フローラは、どれほど顔を隠し気配《けはい》を殺してもたりないほど、目立っていた。

クレメンスは白い橋をわたり、優美な正面口から離宮《りきゅう》の中へと進んでいく。

柱や外壁《がいへき》は純白だが、離宮内部の天井《てんじょう》や壁《かべ》は美しい青で彩《いろど》られていた。

こんな時でもなければその造形美に見とれそうだが、今はそれどころではない。

クレメンスは離宮の細い廊下《ろうか》を、悠々《ゆうゆう》と進む。後ろからは、誰もついてこない。

「大丈夫、人払《ひとばら》いをしておきましたから。二人きりの方が、色々と話しやすい」

ちらちら周りを気にしていたらそんなことを言われ、ごくりと息をのむ。

――それはつまり、あの夜のことを追及《ついきゅう》するぞっていう、意思表示?

人払いをして話す色々なことなど、そのくらいしか心当たりがなかった。

フローラは警戒《けいかい》と緊張《きんちょう》に身を固くしながらも、手の隙間《すきま》からクレメンスを見る。

今にも鼻歌を歌い出しそうなほど上機嫌《じょうきげん》だが、一体なにを考えているのだろう。

無言のまま本棟《とう》から細い廊下へと入ると、緑豊かな中庭が見えてきた。

その中庭を囲む回廊《かいろう》の中程で、クレメンスが静かに立ち止まる。

「着きましたよ」

中庭を流れる小川の上流に位置する、白い扉《とびら》の前でそう言って下ろされた。

「ここがあなたの部屋です」

慣れた動作で鍵《かぎ》を開け、クレメンスが金色の取っ手を引き扉を開く。

ようやく地に足が着いたフローラは、ほっとしながらも、ことさら鈍《どん》くさい動きで部屋の中に入る。そして、送ってくれたお礼をしようと振《ふ》り返ったが……。

――なんでこの人まで入ってくるの!?

ぱたん、とクレメンスが後ろ手に扉を閉める。

思わず名を呼ぶが、相手はフローラの声が小さいせいで聞こえません、とばかりに笑顔のまま肩を抱《だ》いてきた。

「ク、クレメンス様……?」

「この部屋は、私の一番おすすめなんです。ほら、談話室の窓から庭が見える」

強引《ごういん》なくせにやけに優しい動きで、クレメンスがフローラを部屋の奥へ誘《いざな》う。

談話室のテーブルセットの脇《わき》を通って、大きい窓の前につれていかれた。

確かに、おすすめと言うだけあって、そこから見える景色は美しい。

窓の外に造られた庭には、中庭よりもさらに細い川が流れていて、可憐《かれん》な花と木が茂《しげ》っている。まるで、秘密の花園のようだ。

いつもなら『まあ、綺麗《きれい》……』くらいの賛辞は呟《つぶや》き、見とれてみせるだろう。

だが、背後にぴったりと張り付かれた状況では、眺《なが》めを楽しむ余裕《よゆう》などない。

フローラが景色に見とれるそぶりでそっとガラスに手をつき逃げると、その両手を後ろから伸びてきた大きな手で包みこまれた。

「この部屋からは、あの花が一番美しく見えるのです」

クレメンスは逃げ道を封《ふう》じた上で、フローラに囁いてくる。

「綺麗でしょう、貴方の目と同じ色をした――リラの花は」

その言葉の後でクレメンスの唇が、あの晩花を飾《かざ》られたこめかみに触れてきた。

「ひっそりと野辺《のべ》に咲《さ》く花のような今日の貴方も魅力的《みりょくてき》ですが……あの晩目にした、愛らしくも気高い黒猫《くろねこ》のような貴方の素顔《すがお》を、見せてもらいたいな」

窓へ身を寄せ逃げようとしたフローラを閉じ込めるように、長い腕が伸びてくる。

そして甘い声が、フローラの耳元で響《ひび》いた。

「貴方の全《すべ》てを、私は知りたい」

熱を帯《お》びた吐息《といき》が肌をかすめ、ぞくりと、背中が震えた――その時。

「ああ、ちょっと待ってっ！」

聞き慣れぬ男の声と同時に、部屋の扉が吹き飛びそうな勢いで押し開けられた。

クレメンスはそれと同時に、フローラを背に庇《かば》うようにして戸口を振り返る。

「何者だ？」

その問いに、真冬の吹雪《ふぶき》より冷たい声が答えた。

「失礼いたしました、フローラ様の侍女《じじょ》でございます」

クレメンスの背中から顔を出し、フローラは思わず安堵《あんど》のため息を吐《つ》く。

「マリア……」

クレメンスは腕を組むと、現れたマリアと、その背後の青年をにらんだ。

「しばらく二人で話したいから人払いをするよう言ったはずだよ、ブルーノ」

するとマリアの隣にいた青年が、癖《くせ》の強い金色の髪をかき回し、マリアを見る。

「いえ、一応そのつもりでしたよ。この人も、止めようとはしたんですけど……」

「止めきれずに扉を開けられてしまった、ということかい？」

責めるようにそう言って、クレメンスがマリアへと歩み寄った。

するとマリアは、小脇《こわき》に抱えていた鳥かごを両手で持ち直し、静かに一礼する。

「ノックもせず、失礼いたしました。主《あるじ》が心配で、気が動転していたもので」

「動転か……私の目には、君は酷《ひど》く冷静に見えるけれど」

「人は見かけによらないものですもの」

そう言った後で、マリアがちらりとフローラを見てきた。

「それに、フローラ様は酷く繊細《せんさい》なお方で、私とこのハイモ以外には中々お心の内を明かせぬほど、恥《は》ずかしがり屋でいらっしゃいます」

ずいっとハイモの入った鳥かごをクレメンスに差し出し、マリアが続ける。

「当然殿方《とのがた》への免疫《めんえき》もない、初《うぶ》なお方なのです。それが突然、男性に抱えて運ばれ、二人っきりで話をせねばならぬ環境《かんきょう》に置かれたら、心労で体調を崩《くず》しかねません」

「……なるほどね。どうやら、私の配慮《はいりょ》がたりなかったようだ」

フローラを振り返ったクレメンスが、ごめんよ、と謝ってきた。

マリアの設定にのって、内気な地味《じみ》姫《ひめ》らしく、慌てて首を横に振ってみせる。

するとクレメンスは、それまでと違《ちが》う柔らかな笑みで言ってきた。

「君の全てを知るためにも、まずは礼儀《れいぎ》正しく距離を詰《つ》めていくとするよ。お互《たが》いを知るための、花嫁選考会だからね。時間は、まだたっぷりとある」

楽しみだよ、と呟くクレメンスだが、その目に浮《う》かぶ鋭《するど》い光は隠《かく》せない。

ブルーノと部屋を後にしたクレメンスを見送り、フローラは詰めていた息を吐く。

どうやら花嫁選考会での潜入《せんにゅう》捜査《そうさ》は、想像以上に前途《ぜんと》多難なようだった。

第二章　地味姫は怪盗ではありません

1

貴方の全てを私は知りたい——。

その一言はつまり『お前の正体を絶対に暴《あば》いてやる』という宣戦布告《せんせんふこく》である。

フローラは、思わぬ再会を果たした気障《きざ》男の顔を脳裏《のうり》に思い描《えが》き、顔をしかめた。

「厄介《やっかい》なことになったわ……」

ドレスに着替える前のガウン姿のまま腕を組み、談話室の長椅子《ながいす》に深くもたれる。

まだ地味姫になる前だから、前髪も横に流し、愛らしい相貌《そうぼう》は露《あら》わになっていた。

大きく優しげなリラ色の目が、剣呑《けんのん》な光を帯びてすっと細められる。

「まさかこの花嫁選考会自体が罠《わな》だった、なんてことはないでしょうね？」

呟いたフローラの背後で、ハイモに餌《えさ》をやり、ドレスの準備をしていたマリアが、知的な眉《まゆ》をすっと寄せて首を傾《かし》げた。

「ヘルシャーの嫡子《ちゃくし》ともあろう人が、同盟国を巻き込んで？」

「杞憂《きゆう》ならいいのだけれど、タイミングもなにもかも、あまりによすぎるのよ」

フローラは組んでいた腕をほどくと、前髪をくしゃりとかきあげる。

ファッケル氏の屋敷で出会い、怪盗《かいとう》シュバルツとして宣戦布告を受け、その翌日に黒の秘宝に絡《から》んだ花嫁選考会の知らせが届いた。

やむにやまれぬ事情で現地へ来てみれば、待っていたのは宣戦布告を仕掛《しか》けてきたあの青年。あまりにも、出来すぎている。

「ただ、黒の秘宝が起こす不幸と一緒《いっしょ》で……単なる偶然《ぐうぜん》と考えられなくもないわ」

グラナート国とヘルシャーは、山脈を挟《はさ》んでいるから往《い》き来《き》が少々不便だ。早馬《はやうま》をやっても二日、貴婦人を乗せた馬車なら一週間以上はかかる。

予告状は三日前に出すから、隣国《りんごく》から噂《うわさ》を聞いて駆《か》けつけるのは無理だ。

考え込んでいると、後ろからぽん、と肩を叩《たた》かれる。

「フローラ様、ひとまずは……今出来ることを、いたしましょう」

はっと振り返れば、すでに長椅子の背後には、姿見《すがたみ》が置かれドレスや装身具などが綺麗に並べられていた。マリアがにっこりと微笑《ほほえ》んで、言ってくる。

「昨日あれだけ目立った地味姫が、どこまで注目から逃げられるか……フローラ様の腕の見せ所ですよ」

確かに、その通りだ。

「他の人達に昨日のことが伝わっているとしたら、面倒ね」

眉間《みけん》にしわを寄せ、フローラは昨日受けた盛大《せいだい》な歓迎《かんげい》を思い出す。

嫡子に抱《だ》きかかえられて部屋まで運ばれた、なんて他の花嫁候補に知られたら、敵意を向けられるだけだ。花嫁候補からも情報を集める必要が出た時、相手に敵視されては思うようにことが進められなくなる。

「マリア、もしかしたら贈《おく》り物の準備を頼むかもしれないわ」

「心得《こころえ》ております。そのためにも、今日の顔合わせは気が抜《ぬ》けませんね」

姫君達の話に耳を傾《かたむ》け、さり気なく好みを探《さぐ》らねばならなかった。

頑張《がんば》ってください、と励《はげ》ますマリアの表情は、こんな時でもなぜか明るい。

籠《かご》の中にいるハイモも、夜行性のくせにやけに元気に羽《は》ばたいている。

——もしかして、楽しんでる？

フローラがこの状況をどう切り抜けるか、見守り役と相棒《あいぼう》は、静観する気らしい。

それなら期待に応《こた》えてみせる、と気合いも十分にフローラは立ち上がった。

「宣戦布告をしてきた相手に、こっちばっかり踊《おど》らされるのはしゃくだしね」

むしろ、これは好機《こうき》である。

フローラのことを相手が怪《あや》しむなら、逆に怪盗シュバルツとグラナートの地味姫は別人だという確信を与えてやればいい。

誤解だったとわかれば、クレメンスはフローラへの興味をなくし、さらにあの晩の失態も少しは返上できる。

「黒の秘宝の情報はきっちり集めて、あの気障男の鼻もついでに明かしてやるわ」

ふっと不敵《ふてき》に笑いながら、フローラはマリアの手を借りドレスに着替えた。

本日は、花嫁選考会の開会式と候補者達の顔合わせがある。

決まりにより、まだどの国のどの姫が来ているかは知らない。

今フローラが滞在《たいざい》している離宮《りきゅう》の離れだけでも、人の出入りなどから見て、自分の他《ほか》に三人はいるようだ。着替えを終え、前髪で顔を隠しながら、小さな声で呟く。

「人が多いほうが、気配《けはい》に紛《まぎ》れてこっそり動きやすいから、ありがたいのだけど」

「そうですね。並び順ではグラナートより格の高い国の姫君が前に出るでしょうし」

小国資源なし、の弱小国家という立場が、今回ほどありがたいことはない。

そう思いながら、フローラは背筋を丸め、冴《さ》えない地味姫に意識を切り替《か》える。

マリアと一緒に向かうのは、顔合わせを行う本棟《とう》の談話室だ。

歩みは限りなくとろく、なにかに怯《おび》えたように視線は常に下に向けながら……その裏では慎重《しんちょう》に、離宮の警備状況や構造をチェックしていく。

──私達が滞在している離れだけ、やけに警備が厳重《げんじゅう》なのね。

やはり怪しまれているのだな、と改めて感じながら、細い廊下《ろうか》を進んだ。

この離宮は、別名青の離宮と呼ばれている。確かに、天井《てんじょう》や内壁《ないへき》の鮮《あざ》やかな青は印象的だ。それに、庭の随所《ずいしょ》に川や池、噴水《ふんすい》などが配されていて、その清らかな水もまた、青の離宮という呼び名に相応《ふさわ》しかった。

さすがはヘルシャーの離宮、と感心しながら、談話室の前にたどり着く。

本棟の表庭に面した談話室の入り口には、二人の衛士《えじ》と扉係が立っていた。

フローラはまず、彼らの前にすっと音もなく近寄る。

気づかれない。

よし、と地味姫としての自信を取り戻《もど》してから、改めておずおずと声をかけた。

「ええと、あの……」

きょろきょろと視線をさ迷わせた衛士と扉係に、ここです、と手を上げる。

すると三人はぎょっとした顔で、小さくなったフローラを見つめてきた。

待ち望んだ反応に内心ほくそ笑みながら、フローラは困ったような顔で呟く。

「扉《とびら》を……開けて頂けますか……？」

「し、失礼いたしましたっ！」

ばっと扉に飛びついた扉係が、恭《うやうや》しく取っ手を引き開けた。
フローラはほっと胸を押さえながら、談話室の中へと入る。
扉が開くと、中にいた人達も新たな花嫁候補の到来《とうらい》を知り、視線を向けてきた。
部屋の中央に置かれた長椅子に座っていた三人の女性が、おやっと首を傾げる。
その目がいるはずの人間を捜すようにさ迷っていた。
名乗らない、というのはさすがにグラナートの姫としてまずいだろう。
まだ室内にいるのが三人ということもあり、フローラは静かに一礼した。
「は、はじめまして……グラナート家の、フローラと申します」
よろしくお願いします、と頼《たよ》りない声で告げると、ようやく他の三人はフローラが
そこにいたことに気づいたらしい。
慌《あわ》てたように立ち上がり、次々に名乗ってくれた。
昨日の情報は伝わっているだろうに、予想したような敵意は向けられない。
むしろなぜか、やけに親しげな目で「よろしくね」と声をかけられた。
それに気後《きおく》れしたような笑顔で応えた後、空いている一番隅《すみ》っこの長椅子《ながいす》に座る。
ちょこん、と小さな身体《からだ》で椅子の端《はし》に寄ったフローラは、そのまま貝のように口を
閉ざして、出来る限り自分の存在を消すことに専念《せんねん》した。

最初はちらちらと視線を向けられたりもしたが、若い娘《むすめ》同士話が盛り上がるうちに三人ともフローラの存在など忘れたように、見てこなくなる。

これ幸《さいわ》いとばかりに、フローラは素早《すばや》く室内を見回した。

部屋のあちこちには、中庭からつんだ季節の花が飾《かざ》られている。

一人がけの椅子に座った女性の肩越《かたご》しには、壁《かべ》を飾る見事な壁画《へきが》が見えた。

まだ昼過ぎだから金色のシャンデリアに明かりはついていないが、夕暮れになればこの談話室をさぞや品《ひん》よく照らし出すのだろう。実に華《はな》やかで素晴《すば》らしい部屋だ。

ただ奇妙《きみょう》なことに、花嫁候補が一堂《いちどう》に会する場にしては、席が少ない。

長椅子が二つと一人がけの椅子が二つしかないが、一体どうするのだろう。

フローラがいる向かい側の長椅子には、二人の姫君が仲よく腰掛けていた。そしてフローラとその二人の姫君を横に見るような形で、もう一人が一人がけの椅子に腰を下ろしている。空き椅子は、残り一つだけだ。

――私の隣にもう一人、いえ、つめれば二人は座れるでしょうけれど。

向かいの椅子もおなじように三人腰掛けたって、全部で席は八つ。

もしかして集まった花嫁候補は、予想していたより、ずっと少ないのだろうか。

またも浮《う》かぶ疑問について考えていると、誰かが来たのか、扉が静かに開く。

すっとそちらに目をやったフローラは、思わず顔をしかめそうになった。

「やあ、お待たせして申し訳ありません。ああ、どうか座ったままで。私も皆《みな》さんの談笑の輪に、加えて頂けますか？」

人畜《じんちく》無害、いかにも爽《さわ》やか好青年、という笑顔を浮かべたクレメンスが、そう言いながら歩み寄ってくる。

髪の毛から靴《くつ》の先まで、見事なまでの清潔《せいけつ》感だ。上着やシャツはシンプルなのに、それがかえって男らしい魅力《みりょく》を引き立てている。

これは花嫁候補がさぞ色めき立つことだろう、と思った。

しかし、フローラの予想に反し……他の三人は、妙《みょう》にのどかな笑みで彼を出迎《でむか》える。

「こちらに来てからお会いするのは初めてですわね」

「わたくし達が来ても、出迎えてすらくださらないのですもの」

「昔から薄情《はくじょう》な方ですから、期待もしておりませんけれどね」

いやこれは、のどか、と言っていいのだろうか。

表向きはクレメンスも三人の花嫁候補も笑顔なのに、空気がどこか空々《そらぞら》しい。

違和感《いわかん》を抱《いだ》きながらも見守っていると、クレメンスがフローラを見てきた。

――くっ、気づかれた。

目ざといやつめ、と心の中で毒づいたものの、この人数ではしょうがあるまい。

にこっと、照れ屋な姫君らしく無言で微笑むと、クレメンスが——寄ってきた。

「隣に座っても、よろしいですか？」

「え……っ」

フローラはちらりと、空いている一人がけの椅子に目をやる。

だがクレメンスはそんなフローラを無視し、甘い眼差《まなざ》しとともにさらに聞いてきた。

「だめかな？」

ここでだめです、と言えるような立場ではない。

他の三人をちらりと見れば、全く気分を害した様子はなかった。

——断っても逆に、悪目立《わるめだ》ちしてしまうし……。

一人がけの椅子に座らなかったことが、今さらながらに悔《く》やまれる。

しかし内心はおくびにも出さず、恥《は》ずかしげな顔でごくごく小さな頷《うなず》きを返した。

「こ……光栄、です」

「よかった。じゃあ、失礼」

長い足であっという間に長椅子《ながいす》の前に来たクレメンスが、すっと隣に腰掛ける。

ただやけに——近い。

「この離宮は、気に入ってくれたかな？」

そう言いながらさり気なく肩を抱かれて、フローラは蚊《か》のなくような声で答える。

「ええ……とても、素敵《すてき》です」

「そうか。昨日は、ちゃんと寝られたかい？」

「は、はい」

「よかった」

顔をのぞき込むようにして微笑《ほほえ》んだクレメンスが、低い声で続けた。

「でも私は、少し寝不足《ねぶそく》なんだ。君のことを考え、胸が苦しくて眠れなかったよ」

焦《こ》げ茶色の目が、フローラの前髪に隠《かく》れた目を探るように見てくる。

「もしかしたら君に会えるかもしれないと思って、夜の離宮を散歩したくらいだ」

フローラはふっと息をのんで、クレメンスの言葉の裏に隠れた意図《いと》を考えた。

クレメンスが考えていた君とは、『怪盗《かいとう》シュバルツ』のことだろう。

夜の離宮を散歩していれば会えるかもしれない、と思ったというのは、フローラが黒の秘宝について探るため、夜間にひっそり部屋を抜け出さないか見張っていたことの暗喩《あんゆ》に違《ちが》いない。

——他の花嫁候補の前でも、追及《ついきゅう》の手は緩《ゆる》めないってことね。

ここで『花嫁候補としてやってきた地味姫《じみひめ》』から外れ、彼の疑惑《ぎわく》を裏付けるような真似《まね》をすることは、絶対に出来ない。

この勝負、買った。心の中でそう呟《つぶや》き、フローラははにかんだ顔で呟く。

「わ、私も……お会いしたかった、です」

いかにも初《うぶ》な姫君が勇気を振《ふ》り絞《しぼ》って言ってみました、という絞り出すような声で告げて、恥ずかしさにたえかねたように顔を両手で隠した。

だが一方で、どんどん当初の予定から外れつつある自分に、舌打ちしたくなる。

──私が疑われていると知らない人には、これって変な誤解をされるんじゃ……。

ちらりと、手の隙間《すきま》から他の三人を見た。相変わらず、その笑みにくもりはない。

ここまでくると、先ほど感じた違和感が強くなる。

そういえば、他の花嫁候補はなぜいつまで経《た》っても現れないのだろうか。

怪訝《けげん》な顔で戸口をちらりと見つめた時、それを察知したようにクレメンスが言う。

「これから一か月、この五人で親睦《しんぼく》を深めていくことになる」

よろしく頼むよ、と声を弾《はず》ませるクレメンスを、フローラはつい仰《あお》ぎ見た。

それは、ここにいる花嫁候補四人と、クレメンスで、五人ということだろうか。

戸惑《とまど》うフローラを、クレメンスは実に楽しげに見つめてくる。

「あまり人数が多すぎては、恥ずかしがり屋の黒猫《くろねこ》がこっそりどこかに隠れても……気づかないかもしれないだろう？」

まさかの花嫁選考会は罠説《わな》が、急に現実味を帯びて《お》きた。

クレメンスと、警戒《けいかい》し黙り込むフローラをよそに、他の三人が身を乗り出す。

「まあ、クレメンス様はいつの間に猫を飼われましたの？」

会いたいわ、と目を輝《かがや》かせる三人に、クレメンスは意味深《いみしん》な笑みを向けた。

「ご紹介《しょうかい》したいのは山々ですが、捕《つか》まえるのが厄介《やっかい》な相手なものですから」

「だっこが嫌《きら》いな子なのかしら」

「さあ……どうなんだろうね、フローラ？」

いきなり話をふられて、フローラは危うく顔を引きつらせそうになる。

これは多分、黒猫というのは要するに怪盗シュバルツのことなわけで……。

「いつかこの手に抱いて、思う存分可愛《かわい》がりたいと思うのだけれど……彼女はそれを許してくれるかな？」

絶対に断る、と心の中では答えつつも、表向きは知らぬ顔で小首を傾《かし》げてみせる。

「さあ……私は猫については……詳《くわ》しくないので」

「あら、フローラ様は猫がお嫌い？」

一人がけの椅子に座った女性から質問され、フローラはほっとしながら答えた。

「いえ、ただ私は……オウムを飼っているものですから。大事な友だち、なんです」

マリアが言った通り、ペットにしか心を開かない陰気《いんき》な姫君、を意識してそう言い微笑んでみたが……すかさずクレメンスが言葉を挟《はさ》んでくる。

「可愛い上に、優しいんだね。鳥のことを、友だちのように愛するなんて」

そのフォローで、幻滅《げんめつ》されるはずだったフローラの株《かぶ》が上がってしまった。

余計《よけい》なことを、と思いながらも、優しく他の花嫁候補に見守られている現状では、下手《へた》な態度はとれない。スカートを握《にぎ》る手が、憤《いきどお》りで震《ふる》える。

するとその手にそっと触《ふ》れたクレメンスが、さらなる追い討ちをかけてきた。

「照れているんだね、まったく。君は本当に、恥ずかしがり屋さんだな」

——誰が恥ずかしがり屋さんよ、この気障《きざ》男めぇっ！

頼むから放っておいてくれ、と叫《さけ》び出したいのを、フローラは必死にこらえる。

この後も、クレメンスはなにかにつけフローラを持ち上げ続けた。

その結果フローラの評価は『地味姫』から『奥《おく》ゆかしい照れ屋の姫君』に変わる。

そしていつの間にか、最有力の『花嫁候補』として、扱《あつか》われていた……。

2

たとえば『あなたって空気みたい』と言われたら、二通りの取り方がある。

一つは、その人にとって『空気みたいに必要不可欠』という意味の空気。

そしてもう一つは、まさに『空気のように普段は意識のはしにも上らぬ存在』という意味で使う、空気だ。

フローラが理想とするのは、間違《まちが》いなく後者である。

目指すは透明《とうめい》人間、世界最高の存在感のなさと、注目されない人生だ。

それが今は、どうしたことだろう。

フローラは四方八方から飛んでくる生温《なまぬる》い視線に包まれて、噴水《ふんすい》の周りをぺったんぺったんと駆《か》け回っていた。

「どうしたんだい、早くおいで？」

きらりと白い歯を輝かせたクレメンスが、フローラを振り返り手を振ってくる。

現在フローラは……花嫁候補選考会の一環《いっかん》で、彼と駆けっこの真っ最中だった。

悪い冗談《じょうだん》のような催《もよお》しは、ヘルシャーの花嫁選考会の中でも伝統ある項目《こうもく》らしい。

終了後《しゅうりょうご》、皆の目で見て一番相性《あいしょう》のよさそうな花嫁候補に票が投じられる。
そして一番多くの票を得ると、褒美《ほうび》として二人きりでの散歩が許されるそうだ。
――絶対、そんな権利はいらない。
そうは思うのだが、生憎《あいにく》現状はフローラに極めて不利である。
噴水のふちに腰を下ろした三人の姫君達が、くすくす笑いながら励《はげ》ましてきた。
「ほら、しっかりなさってフローラ様」
「早く捕まえなくては、いつまでも終わりませんわよ」
「せっかく範囲《はんい》を狭《せば》めて、噴水の周りだけにしたのですから、頑張《がんば》って」
口々にそう言ってくる他《ほか》の花嫁候補達は、すでに一度クレメンスを捕まえていた。
おかげでこの五分ほど、二人っきりの追いかけっこを余儀《よぎ》なくされている。
開始から十秒以内に、四人中三人が課題をクリアするなんて、おかしい。
――どうして私だけっ!?
焦《じ》らすように一定の距離を保って前を行くクレメンスの背中を、思わずにらむ。
あっさり彼女達に捕まった姿を思い出すと、裏取引があったとしか考えられない。
まさかこの行事を通し、フローラの身体能力を測るつもりだろうか。
リラの花が咲《さ》き乱《みだ》れる美しい庭園には、衛士《えじ》や女官らもずらりと並んでいる。

マリアも、あのブルーノとかいうクレメンスの部下も、すみで観覧中だ。

——地味姫がいきなり機敏《きびん》に動いたら、絶対怪《あや》しまれる。

姫としての設定を守ればマンツーマンの追いかけっこで悪目立ちし、やけになって本気を出したら怪盗シュバルツ疑惑を裏付けてしまいかねない。

今はなんとか、警備の網をかいくぐって夜の離宮《りきゅう》を散策《さんさく》したり、間取《まど》り図を作っておじ達が来た時に備えたりできている。

黒の秘宝が離宮の本棟《とう》にある、クレメンスの部屋に置かれていることも突《つ》き止め、マリアに協力してもらってさらに情報を集めているところだ。

だがもしこれ以上怪しまれたら、こそこそかぎまわっていると気づかれる。

黒の秘宝を回収する役目が第一である以上、それを妨《さまた》げる行動は取れない。

しばらく色々と考えてみたが、十分も経つ頃《ころ》には、目立ち続けるのも限界だった。

フローラは、すがるような目をマリアに向けてみる。

すると無言で——すっと、地面を指さし頷いてくれた。

転んでよし、という合図とみて、フローラは草地を選び前のめりによろける。

「きゃあっ！」

悲鳴を上げて地面に倒れ伏《ふ》し、この茶番から離脱《りだつ》する……はずだった。

だが、またも予期せぬ事態がおきる。

「おっと、大丈夫《だいじょうぶ》かい？」

ぼすん、とフローラの身体《からだ》が倒れ込んだ先は、クレメンスの腕の中だった。

甘い香りがフローラを包み込み、大きな手が慈《いつく》しむように髪をなでてくる。

「やれやれ、せっかく逃げていたのに捕まってしまったな」

足は平気かい、と優しく聞いてくるクレメンスを、呆然《ぼうぜん》と見上げた。

彼との距離は、十分にあったと思う。

それがまさか、こうして助けられてしまうなんて……。

クレメンスの身体能力と反応速度の速さに驚《おどろ》きつつも、慌《あわ》てたように頭を下げた。

「あ……ありがとうございます」

「はい、どういたしまして」

ふわりと笑ったクレメンスの顔は、珍《めずら》しく本当に優しく見える。

いつもそうやって笑えばいいのにな、と思わず思ってしまった。

しかしクレメンスはすぐにいつものもの、上辺《うわべ》だけの爽《さわ》やかな表情に戻《もど》って、周りへと朗《ほが》らかにたずねる。

「ところで、観覧中の諸君《しょくん》。投票については、どうなっているのかな？」

するとブルーノが、すっと進み出ていつの間にか手に持っていた紙を持ち上げる。

「実は三分ほど前に、集計済みです」

えっ、とさすがに低い声がこぼれた。それならなぜ、途中で止めなかったのだろう。

うろんな目つきでマリアを見ると、にっこり笑って手を振られる。

――絶対、困ってる私を見て楽しんでたわね。

転んでよし、の合図も間違いなく結果が出ているのを知っていたから、だ。

意地悪《いじわる》な見守り役への抗議《こうぎ》を必死にこらえていると、ブルーノが高らかに告げる。

「集計の結果、最多得票者は、グラナートのフローラ姫ですっ！」

わあっと歓声《かんせい》と祝福の拍手《はくしゅ》がおこる中、クレメンスがにこやかに肩を抱《だ》いてきた。

「すぐには無理とはいえ、君と二人っきりだなんて、楽しみだな」

めでたくクレメンスとの散歩権を勝ち取ったフローラは、微笑《ほほえ》みつつ拳《こぶし》を握る。

殴《なぐ》れるものなら、一発ぐらい殴ってやりたいくらい、クレメンスは楽しげだった。

なんだかやられっぱなしな状況に歯がみする中、ふとあることに気づく。

「あ、あの……」

離れていこうとしたクレメンスの袖《そで》を引いて、フローラは告げた。

「どこか、怪我《けが》を？」

クレメンスが歩き出そうとした時、一瞬《いっしゅん》……右の足を引きずっていた気がする。もしかして無理な体勢でひねったのだろうか、と思った。だがクレメンスは、そのことに気づいたフローラに驚いた顔をした後で、静かに首を横にふる。

「大丈夫だよ、心配してくれてありがとう」

じゃあね、といつもよりあっさりした挨拶《あいさつ》を残し、クレメンスはブルーノの方へと行ってしまった。フローラはその後ろ姿をじっと見つめ、首を傾げる。

——気のせい？

だが、観察してみれば……片足をかばうような動きが見てとれた。

隠《かく》してはいるが、間違いなく足を痛めている。

「フローラ様、どうなさいました？」

散会になって庭園を立ち去る人々をよそに、じっと動かずにいたフローラの元へ、マリアが歩み寄ってきた。

フローラは周りに人がいないのを確かめてから、小さな声で説明する。

「クレメンス様が、怪我をしているようなのだけれど、なぜか隠していらして……」

「ああ、そうでしょうね」

あっさりと納得《なっとく》され、困惑《こんわく》してマリアを見た。

するとマリアは、同情的な目でクレメンスの去った本棟の方角を見ながら呟《つぶや》く。

「ヘルシャーに来る途中に、馬車の中で話した通り、あの方は他人から命を狙《ねら》われる生活が長いらしいので……自分の弱みを、人には見せられないのでしょう」

その言葉で、フローラも表情をくもらせた。

身内から命を狙われる、というのがどういう環境《かんきょう》なのか、想像すら出来ない。

ただ、誰にも弱みを見せられないというのは、あまりにも過酷《かこく》な環境だ。

怪盗《かいとう》シュバルツの秘密を抱《かか》えたフローラ達は、国を揺《ゆ》るがしかねないその秘密を、一族と協力者が共有して守り続けている。それは、一人だけで抱え込むにはあまりに重すぎる事情があるからだ。風になびくドレスを押さえ、フローラは思う。

——あの人には、私にとってのマリアやおじ様達のような存在は、いないの？

たった一人で、今も嫡子《ちゃくし》としての全《すべ》てを背負っているのだろうか。

先ほど見た痛みをこらえ進むクレメンスの背中が、頭を過《よぎ》る。胸が、痛んだ。

「ねえ、マリア」

フローラは誰もいなくなった花園に立ち、凛《りん》とした表情で腕を組む。

「黒の秘宝の持ち主が、一体どんな人なのか探《さぐ》るのも、大事なお役目よね？」

怪盗シュバルツは、黒の秘宝に関わった人を不幸にしてはならない。

だから、黒の秘宝を奪《うば》う前に、本来なら持ち主のことを徹底《てってい》的に調べる。

たとえば相手がファッケル氏のように、怪盗シュバルツの存在自体をありがたがる人間ならば、その期待に応《こた》えて派手に登場し宝を奪うのも、大事な務《つと》めだ。

——怪盗シュバルツの仕事は、ただ宝を回収することじゃない。

黒の秘宝で悲しむ人を出さず、関わったものを幸せにしてこその、大怪盗だ。

「正体を隠すことに気をとられていたけど、大事なのはそれだけじゃない」

自分に言い聞かせるように呟いて、フローラはそっと本棟の上を見上げた。

一番上の部屋が、確か嫡子のための部屋だと聞いている。

まだ見習いの立場だという負い目から、防戦一方だったが……少しだけ、自分からも踏《ふ》み出すことにした。怪盗シュバルツに、こそこそ逃《に》げ回るなんて似合わない。

「マリア、ハイモを連れてきてもらっていい？」

突然の頼《たの》みに、マリアは驚くこともなく即座《そくざ》に頷《うなず》く。

「かしこまりました。どうなさるおつもりか、うかがっても？」

フローラは前髪の下に隠した目を、きらりと輝《かがや》かせた。微笑み、楽しげに答える。

「ちょっと今までの借りを、お返ししてくるわ」

そしてフローラはマリアが連れてきたハイモと一緒《いっしょ》に、クレメンスの元へ向かった。

3

花嫁選考会の恒例《こうれい》である『追いかけっこ』を終えたクレメンスは、自室に戻り鍵《かぎ》をかけるや——上着をぱっと脱《ぬ》ぎ捨て、襟元《えりもと》のタイを大胆《だいたん》に緩《ゆる》めた。

最早《もはや》私室というより執務《しつむ》室状態の室内は、外で見せる清潔《せいけつ》感ある嫡子の姿に反し、本や書類があちこちに詰まれて、少々乱雑な印象を受けさせる。

けして不潔なわけではないのだが、もしクレメンスの外面しか知らない人間がこの部屋を見たら、違和感《いわかん》を覚えるはずだ。隣の寝室もそうだが、とにかく飾《かざ》り気《け》がない。

長椅子《ながいす》とテーブルの他は本棚《ほんだな》と執務机しか置いていないのは、この部屋に通すのがブルーノなど一部の信頼《しんらい》できる部下のみ、だからだ。

彼らはクレメンスが、爽やかでも優しくもないことを、よく知っている。

ふう、と長い息を吐《つ》きながら、クレメンスは執務机の向こうにある窓に近寄った。

「慣習とはいえこの年で追いかけっこは、中々に辛《つら》いものがあるな」

疲れた顔で呟き、外開きの窓を開く。吹き込む風は、微《かす》かに甘い香りがした。

何気なく離宮の表庭を見下ろすうち、それまで硬かった表情が微かにゆるむ。

「それでも思ったより楽しめたのは、やはり彼女のおかげかな」

頭に思い描《えが》くのは、金の髪を揺らして懸命《けんめい》に走っていた、フローラの姿だ。

長い髪が巧《たく》みに目元や輪郭《りんかく》を隠してはいたが、よく見ればその桃色《ももいろ》の唇は、可憐《かれん》でみずみずしい。鼻も小作りで形がよく、肌など触《ふ》れたくなるほど白く滑《なめ》らかだ。

フローラは、美しい。本来なら、彼女の兄や姉のように求婚者《きゅうこんしゃ》が列をなすはずだ。

それがないのは、そうならないよう必死に努力しているから、にすぎない。

「木を隠すには森の中というけれど、彼女を地味姫《じみひめ》と認識《にんしき》させることが出来たのも、美形大国グラナートだからこそ、か……」

元は同じ宝石でも、綺麗《きれい》に研磨《けんま》して飾り立て金の台座に置かれた石と、原石に泥《どろ》をぬって木箱のすみに置いたものを並べたら、人の目は研磨された方のみを見る。

それと同じで、大陸の華《はな》と称《しょう》される美しさと華やかさを備えた面々と、わざと己《おのれ》の魅力《みりょく》を隠した上に気配《けはい》まで消せるフローラを比べさせれば、印象操作も簡単だ。

人々の目は華やかな兄姉にばかり向けられ、木箱の中の原石には気づかない。

「でもグラナート王家の秘宝は、むしろその『地味姫』の方だ」

くすりと笑い、クレメンスは机に並べて置いた、怪盗シュバルツの目撃《もくげき》証言集と、グラナート家の家系図を見比べる。

彼は十八の頃《ころ》に怪盗シュバルツと初めてまみえてから、その存在を追っていた。

幸《さいわ》い相手は、大陸中の人間が憧《あこが》れる有名人だから、目撃証言や過去の記録を手元に集めるのは難しくない。集めた情報は、忙《いそが》しい政務の合間《あいま》に徹底して分析《ぶんせき》してある。

その結果気づいたのは、怪盗シュバルツを名乗る存在は常に複数おり、その全員がなぜか必ずグラナートで初仕事を行っているらしい、ということだ。

不思議《ふしぎ》に思ってさらに調べれば、その新しい怪盗シュバルツが初仕事を行った、と思われる時期は……グラナート王家に『地味』な王族が現れる時期と、一致《いっち》する。

偶然《ぐうぜん》と解釈《かいしゃく》するには、あまりにも出来過ぎていた。

クレメンスは密《ひそ》かに現在王宮にいる『地味姫』について調べさせ、そしてあまりに完璧《かんぺき》すぎる『存在感の薄さ』に、確信したのである。

――二年前に出会い、私を救ってくれた怪盗シュバルツは、間違《まちが》いなく彼女だ。

そう思った時にわき上がった喜びと達成感は、今も鮮《あざ》やかに覚えていた。

もう一度会いたくて、捜し求めたあの怪盗に、自分を見て欲しいと願い……。

軽やかに闇夜《やみよ》をかける美しい怪盗を、この手で捕《つか》まえたいと思うようになった。

だから、結婚したくない花嫁候補を捜し出して、花嫁選考会の下準備を整え、黒の秘宝を餌《えさ》にフローラがこの国にやってくるよう仕向け、時を待っていたのである。

「宣戦布告《せんせんふこく》が出来るのが、本当にぎりぎりになって、少しひやっとしたけれどね」

事前に網《あみ》を張り、怪盗シュバルツと再会した時のことを、微笑みながら思い出す。

あの時、ダンスホールをじっと見つめる少女に、視線が吸い寄せられた。

記憶《きおく》していたより、その姿はずっと小さく儚《はかな》げで、人違《ひとちが》いかとも思ったが……。

間近《まぢか》で見た彼女の目に浮《う》かぶ強い光を見て、その考えは霧散《むさん》した。

「あれだけの目をした人間を地味姫と呼ぶとは、世の中見る目のない人間が多い」

たとえ顔を隠していたとしても、あのリラの花と同じ紫色をした目の輝きは、簡単に隠せるものではない。あの目に自分が映っていることが、嬉《うれ》しくてたまらなかった。

自分が仕掛《しか》けた罠《わな》の中で、彼女がどんな動きを見せてくれるか……心から楽しみに思い、用意していた通知をグラナートへ届けた。

ただ長年追い続けた存在がすぐ近くにいる状況で、少々暴走しすぎたらしい。

「思ったよりも、黒猫《くろねこ》さんはまだ可愛《かわい》い子猫だったらしい……」

腕を解いてあごに手をやり、クレメンスは困った顔で黙り込む。

フローラの反応は、予測の範囲《はんい》内というか、守りに入っていて手応《てごた》えがない。

適当にごまかすとか、その場に合わせて嘘《うそ》をつくというのが出来ないから、設定を念入りに決めた『地味姫』の態度を崩《くず》せないのだろう。

ちょっとした仕草《しぐさ》や目線で、彼女がなにを考えているかは大体察しがついた。
注意してあれなら、無防備な時はどれほど表情豊かなのか、とても気になる。
「もっとも本日見抜《みぬ》かれてしまったのは、私の方か……」
伸ばした右足を見て、クレメンスはぐっと眉根《まゆね》を寄せた。
もしかして怪我《けが》を、と聞いてきた時のフローラの心配そうな顔が、頭を過《よぎ》る。
正直、あそこで気づかれるとは思わなかったから、とても驚《おどろ》いた。
そして同時に……あの時のフローラを思い出すと、胸が妙《みょう》にざわざわする。
「せめて弱みを見つけてやった、と目を光らせてくれれば、よかったのに」
彼女の中でクレメンスは『自分を罠にかけた敵』だ。心配する必要なんてない。
それなのに、素直《すなお》に自分を案じる彼女を目にしたら、つい逃げ出してしまった。
ため息を吐いて、クレメンスは足に目をやる。別に、昨日今日の怪我ではない。
この足は二年前、彼が刺客《しかく》に襲《おそ》われ深手《ふかで》を負った時に、痛めたものだ。
ほとんど完治しているのだが、疲れた時や天気の悪い日は少々はれが出る。
花嫁選考会に参加する時間をとるために、睡眠を減らして仕事しているおかげで、
昨日からまた痛み出した。フローラ以外には気づかれていないが、油断《ゆだん》は出来ない。
「今日は、早く寝るとしよう」

肩をすくめてそう呟き、窓はそのままに執務机の椅子《いす》に腰を下ろす。

そして睡眠時間を確保するためにも、昨日やり残した書類の束に手を伸ばした。

その時――。

「キェーッ！」

奇《き》っ怪《かい》な鳴き声とともに、黒いなにかが部屋の中に飛び込んでくる。

「なっ！」

とっさに上着に隠《かく》していた短刀に手を伸ばしたが、すぐにその手は元に戻《もど》した。

「君は……確か、ハイモ？」

名を呼ぶと、部屋の中を旋回《せんかい》していたオウムが、ひらりと目の前に着地する。

やはり、フローラの部屋で一度だけ見た、彼女のペットで間違いない。

足の下の書類をたしたしと叩《たた》きながら、ハイモはクレメンスを見つめてきた。

「逃げてきたのかい、いけない子だな……姫君が、心配しているよ？」

そう言いながらつかまえようと手を伸ばすと、ぴょこん、とはねてかわされる。

困っていると、部屋の扉《とびら》が慌《あわ》てたように叩かれた。

「あ、あの、すみません……っ！」

聞こえてきた声に、クレメンスは思わず目を丸くする。

小さく震《ふる》えたこの声は、間違いない。さっと立ち上がり、扉を引き開けた。

すると予想した通り、小さな身体《からだ》を縮《ちぢ》こまらせたフローラの姿がある。

走ってきたのか、その髪は乱れ息がずいぶん上がっていた。

「こちらに……ハイモは、来ていませんか？」

「ああ、いるよ」

頷いて横によけ、室内にいるハイモが見えるようにする。

フローラはほっとしたように胸を押さえ、クレメンスを見てきた。

迷うように視線をさまよわせる姿を見て、苦笑《くしょう》しながらも招き入れる。

「どうぞ、私じゃ捕まえられないようだから」

「ありがとうございます！」

ぺったんぺったんと、相変わらず間の抜《ぬ》けた足取りで室内に走り入るフローラを、
クレメンスは不思議な気分で見つめた。

――あれほど避《さ》けていたのに、どうして自分から？

内心首を傾《かし》げながらも、ハイモが外に逃げないように、そっと扉を閉める。

だが、閉めるのは扉だけではだめだったようだ。

「ああっ！」

悲痛なフローラの声が響《ひび》き、ハイモが入ってきた窓から悠然《ゆうぜん》と飛び去る。

慌てて駆《か》け寄ったクレメンスの前で、フローラががっくりとその場にくずおれた。

「また……逃げられた……」

しょんぼりと落ちた肩をみかね、クレメンスはフローラの傍《かたわ》らに膝《ひざ》をつく。

「すまない、窓を閉めておくべきだったね。責任を持って、一緒《いっしょ》に捜そう」

「い、いえっ！」

ぶんぶん、と左右に頭を振《ふ》ったフローラが、疲れたような笑みを浮かべた。

「多分……飽きたらマリアのところに、戻ってくるので……」

マリア、というのは確か彼女の部屋で見た、妙に眼光鋭《がんこうするど》い侍女《じじょ》のことだろう。

フローラに手をかして立たせたところで、クレメンスはふと気づいた。

細い肩にそっと指を伸ばし、そこについていた黒い羽根を持ち上げる。

先ほどのハイモが落としただろうその羽根は、よく見ると以前に見た覚えがあった。

「怪盗《かいとう》シュバルツの帽子《ぼうし》についた羽根と、一緒だね？」

呟《つぶや》いたクレメンスに、フローラは――なぜか観念《かんねん》したような顔で、頷《うなず》いた。

「ええ……そうです。やはり、わかっていらっしゃったんですね」

「え？」

予想外の反応に目を瞬《またた》かせると、フローラがクレメンスに向き合い、口を開く。

「お祭しの通り私は……怪盗シュバルツの大ファンなんですっ！」

「……は？」

この十何年こぼしたことのなかった、間の抜けた声が口からこぼれた。

だがフローラは、クレメンスなど無視して、いつもと違《ちが》う熱い口調《くちょう》で語り始める。

「も、もうお気づきでしょうが……クレメンス様と出会ったあの晩も……お兄様達に頼んで、怪盗シュバルツに会いに行ったんです。『怪盗シュバルツ列伝』も、『シュバルツ絵巻《えまき》』も、『怪盗の書』も、全部持っていて……っ！」

挙げられた書物の名前は、全部知っていた。なぜなら、クレメンスも持っている。

「こ、この花嫁選考会に参加したのも、最初は、ここに来ればまた怪盗シュバルツに会えるんじゃないかと思ったからで……ふ、不純《ふじゅん》な動機《どうき》で、すみません！」

思い切ったようにそう言われ、いや、としか返せなかった。

——これは一体、どういうことだ？

戸惑《とまど》うクレメンスの腕を、小さな手がきゅっと握《にぎ》ってきた。

「一国の姫なのに、怪盗が好きだなんて知られたら、変な子だと思われる……だから、ずっとこの趣味《しゅみ》は秘密にしてきました。でも、クレメンス様は到着してからすぐ……

私の秘密を見抜いて、密《ひそ》かにいくつもの暗号を投げかけてくださった……」

黒猫とは怪盗シュバルツの暗喩《あんゆ》ですね、という言葉に、思わず頷く。

するとフローラは、嬉しそうに声を弾《はず》ませて続けた。

「怪盗シュバルツを黒猫と呼ぶのは、『夜を駆ける怪盗』を読んだことのある、筋金《すじがね》入《い》りのシュバルツファンだけ。つまりクレメンス様、あなたも同じ……シュバルツのファンなのでしょう？」

ずいっと、初めてフローラの方から身を寄せてくる。

「だから私が同好《どうこう》の士と気づいて、その、気にかけるふりをして、なにかにつけ話しかけていらしたのですよね？」

「ええと……」

わかりやすい、とさえ思ったはずのフローラの考えが、今は全く読めない。

黙り込むクレメンスの腕を放したフローラは、やがてドレスのポケットを探《さぐ》って、そこから小さな布の袋《ふくろ》を取り出した。

「これ、よろしければ……ハイモがご迷惑《めいわく》をかけた、お詫《わ》びもかねて――」

差し出された布の袋を開けてみると、中に入っていたのは――薬の瓶《びん》である。

しかも確か、シュバルツを描《えが》いた小説を基に作られた、特製の『万能薬』だった。

以前グラナート国内で限定生産されたもので、炎症《えんしょう》にきく塗《ぬ》り薬が詰《つ》まっている。

フローラは恥《は》ずかしそうにもじもじしながら、クレメンスに言ってきた。

「遠慮《えんりょ》、しないでくださいね。私、まだ予備があるので……」

「あ、ああ……ありがとう」

「足、お大事に」

「うん」

頷いてしまってから、しまったと思い口元を押さえる。

フローラは、なにも気づかなかったような態度で、ぺこりと頭を下げてきた。

「突然……失礼しました」

そう言ってきた時にはすでに、それまでの勢いは消え、いつもの弱気で生気の薄い地味姫《じみひめ》に戻っている。

ただ、扉の外に出る間際《まぎわ》。

フローラはちらりとクレメンスを振り返り、いつもとは違う柔《やわ》らかな声で言った。

「お仕事、大変なのはわかりますけど……少しは、休んでくださいね」

それじゃあ、と立ち去る小さな背中を見送り、思わず呟いた。

「……やられた」

部屋に戻って扉を閉め、長椅子《ながいす》にどっかりと座り込む。

返しそびれた黒い羽根を、手の中でくるりと回した。

反対の手には、どろっとした液体の入った薬の瓶も握られている。

「花嫁候補からの贈《おく》り物にしては、色気《いろけ》がないけれど……」

これ以上ないくらい、インパクトと実用性はある。

これから先、クレメンスがもし怪盗シュバルツの話題をふって、フローラがそれに普通なら知り得ないことを言っても、もう動揺《どうよう》してはもらえない。

彼女はシュバルツファンなのだから、シュバルツのことに詳《くわ》しくても当然だ。

なにかシュバルツをにおわせる行動をしても、真似《まね》をしてみました、と言われればひとまず納得《なっとく》せざるをえない。

そんな気合いのこもったファンぶりを、先ほどの演説で感じさせられてしまった。

「見くびっていた、かな。どうやら思ったほど、可愛《かわい》いだけじゃないらしい」

完全に、会話の主導権を握らせてしまった。

くっと喉《のど》を鳴らして笑い、クレメンスはもらった薬の瓶を光にかざす。

足を痛めたことを、フローラ相手に認めてしまった。

些細《ささい》なこととはいえ、自分の弱みを相手に握らせてしまうなんて、失態である。

なにより、わき上がるこのむずがゆい気持ちが問題だ。
フローラの先ほどの行動の、どこからが計算でどこまでが演技かは、わからない。
でも、薬をくれた時の様子や、去り際《ぎわ》に自分を案じてきた時の目は、本物だ。
心からクレメンスの身体を心配して、薬や優しい言葉を贈ってくれていたと思う。
どうしてそんなことをするのか、クレメンスにはやはりわからない。
先ほどのフローラとのやり取りが、目を閉じるや頭をちらつく。
前髪に隠《かく》れて見えない目も、輪郭《りんかく》を隠す長い髪も、実に野暮《やぼ》ったい。
それなのになぜか、思い出す彼女の気づかわしげな姿は、やけに輝いて見えた。
「私が捕《つか》まえたいと願った怪盗シュバルツ像とは、ずいぶん違うのに……」
意外だとか、拍子《ひょうし》抜《ぬ》けだとか思うより……照れくさいというか、落ち着かない。
じんわりと胸にわき上がる温かな感情を、クレメンスは持てあます。
二年間、怪盗シュバルツを追いかけ、この手で捕まえるため動いてきた。
その情熱は、色あせてはいない。
花嫁選考会の期間中、彼女とどんな駆け引きをするか、考えただけで胸が躍《おど》った。
だが、怪盗シュバルツであることを抜きにしても、彼女と話をしてみたいと思う。
あの優しい少女のことを知りたい、そんな気持ちが彼の胸に芽生《めば》え始めていた。

第二章　歩み寄る二人と忍《しの》び寄る悪意

1

クレメンスの部屋を訪れた翌日。

フローラの元に、クレメンスから『散歩』の誘《さそ》いがかかった。

昼食を食べ終えた後、マリアに見送られ中庭に出れば、すでにクレメンスがいる。

水辺を背にたたずみ、空を見上げるその姿は、まるで一枚の絵のように爽《さわ》やかだ。

相手から見えない木の陰に隠れ、しばしクレメンスを観察しようとしたフローラは、彼の顔色があまりよくないことに気づく。

——もしかして、また遅《おそ》くまで仕事してたのかしら。

昨日見たクレメンスの部屋には、大量の書類が置かれていた。

内容までは見ていないが、どう考えても一人でこなすには量が多すぎたと思う。

優秀《ゆうしゅう》な嫡子《ちゃくし》だ、という評判は離宮《りきゅう》の噂話《うわさばなし》で度々《たびたび》聞いていたが、クレメンスは思っていたよりも遥《はる》かに努力家のようだ。

クレメンスを見返すつもりで、ハイモに口実を作らせ彼の部屋を探ったのだが……

逆に彼のすごさを認める結果になってしまい、少々複雑である。

——まあ、ちょっとは驚《おどろ》いた顔とかも見られて、すっきりしたのだけれど。

それ以上に、クレメンスの状況が気になってしまった。

マリアの元にお茶を飲みに来るブルーノからも、嫡子の仕事がいかに厳しく多忙《たぼう》なものかは伝え聞いている。

でも昨日までは、正直あれほどの仕事を抱《かか》えているとは思っていなかった。

——怪盗《かいとう》シュバルツ絡《がら》みでなきゃ、尊敬できる相手だわ。

あれだけの仕事をきちんとこなす責任感と有能さは、心から素晴《すば》らしいと思う。

そういえば、夜に部屋を抜《ぬ》け出して離宮内を探っている時も、クレメンスの部屋は他のどの部屋より遅くまで、灯《あか》りがついていた。これまでは深夜でも部屋に近寄れず厄介《やっかい》だな、と思うばかりだったが、事情を知った今は少し考えが違ってくる。

——心配なんて、する立場じゃないのだけれど。

大丈夫かな、と思わずにはいられない。

元々フローラは、頑張《がんば》っている人や、強い意志を持って行動している人には、つい肩入《かたい》れしたくなるたちなのだ。

それに、あの場で彼が足を痛めていると気づいたのは、多分フローラだけだろう。

このまま誰にも不調を気づかれない状態が続けば、いつか限界が来て、ぱったりと倒れてしまうかもしれない。そう考えると、色々気になってしまうのだ。

難しい顔で立ち止まっていると、不意にクレメンスがこちらを振《ふ》り返る。

「やあ、そこにいたのかい」

そう言って笑いかけてくるクレメンスに、少し驚いた。

気配《けはい》を消していたはずなのに、一瞬にして見つけられてしまうなんて……。

もしかして近頃目立ちすぎて空気同化能力が落ちただろうか、と内心首を傾《かし》げる。

だが表面上は、気づいてもらえて嬉《うれ》しい、という態度でクレメンスに歩み寄った。

「お、お待たせして、申し訳ありません」

「いいや、レディを待つのも楽しみの一つだからね」

そう言って微笑《ほほえ》みかけてきた後、クレメンスは少し困ったような顔で続ける。

「君のオウム君は、無事に戻《もど》ったそうだね。昨日は素敵な薬をありがとう。今度薬のお礼に、私からもなにか贈ろう。たとえば……君の魅力《みりょく》を引き出す、ドレスとか」

ありがたい申し出だが、わざわざ似合わないドレスを探してきている身としては、少々困る申し出だ。面と向かって断れないので、ショックを受けたふりで誤魔化《ごまか》す。

「……あの、今のドレスは……似合いませんか？」

しゅん、と肩を落としたフローラの頭に、クレメンスの手がそっと触《ふ》れてくる。

「せっかくの綺麗《きれい》な髪と肌を、もっと引き立てるドレスがあると、思っただけだよ。君さえその気になれば、誰もが振り向くくらい魅力的なレディになれる」

優しい声に、なぜか心拍数《しんぱくすう》が上がってしまった。

おかしい、とフローラは微妙《びみょう》な違和感《いわかん》を覚える。

昨日までのクレメンスと、態度も言動もほぼ同じだ。それなのに、なんだか彼から向けられる声や目線に、昨日までとは違《ちが》う妙に温かいものを感じる。

――まさか、昨日私が仕掛《しか》けたシュバルツファンの発言で、疑いを解いたとかないだろうな、と思いながらも、ちょっとだけ楽観《らっかん》的な予測をしてみた。

すると、クレメンスがその期待を打ち壊《こわ》すように、小さな声でぼそっと呟《つぶや》く。

「まあ今の君も、夜の女王のように艶《あで》やかな黒猫《くろねこ》さんとは、また違った魅力があって味わい深いとは思うけれどね」

――うん、やっぱり疑われてはいるのね。

フローラは聞こえなかったふりをしながら、ではこの妙に優しい目はなんだと首を傾げた。するとクレメンスが、大変眩《まばゆ》い笑顔で言ってくる。

「不思議《ふしぎ》なことに、君がどんな姿をしていても、私の目はすぐ君に引き寄せられる」

これは『貴様ごときの変装は軽く見破《みやぶ》れるのだ』と、暗に告げられたのだろうか。

フローラはむっとしながらも、表向きは照れたようにうつむいてみせる。

「そ、そんな風に言われるのは……は、初めてです」

「私も、誰かにこんなにも惹《ひ》かれるのは、初めてだよ」

おそろいだね、と声を弾《はず》ませた後で、クレメンスが一段と甘い声で続けた。

「さて、せっかくの時間だ。おすすめの場所へ案内しよう」

はい、と差し出された手に、躊躇《ためら》いがちに手を重ねる。

すると大きな手が、包み込むように触れてきた。

クレメンスは繋《つな》いだ手をそっと持ち上げると、目を細めて呟く。

「小さくて、強く握《にぎ》ったら壊してしまいそうな手だけれど……温かいな」

なんだか落ち着く、と独白のような感想をこぼすクレメンスを、恐《おそ》る恐る見た。

──待って……その顔は、反則。

フローラの頰《ほお》に、じわじわと熱が上ってくる。

並んで立ったクレメンスの横顔には、今まで見たことのない、穏《おだ》やかでくつろいだ表情が浮《う》かんでいた。

獲物《えもの》を追い詰めるような鋭《するど》い目や、楽しげだが油断《ゆだん》できない笑みは一切《いっさい》ない。

あまりにも無防備で、安らいだ笑みを浮かべるものだから……なんだか、こっちも変な気になってくる。

歩き出してからも、クレメンスは繋いだ手を見て妙にしみじみと言ってきた。

「誰かと触れあうなんて、今までは避《さ》けてきたのに……君の温《ぬく》もりを感じているのはどうしてこんなに、心地《ここち》いいんだろうな」

素朴《そぼく》な疑問を口にするようなその口調《くちょう》に、胸が騒《さわ》ぎ出す。

だがそんなフローラの様子になど気づかぬように、クレメンスが聞いてきた。

「君は、どう？」

「え？」

「私と手を繋ぐことが、不快ではないといいのだけれど」

不安げにそう問われ、フローラは慌《あわ》てて首を横にふる。

「ふ、不快では……ない、です」

「よかった」

ほっとしたように、顔全体で笑うクレメンスを見て、また顔が赤みを増した。

もっと隙《すき》をついては正体を暴《あば》こうとしてくるのなら、警戒《けいかい》のしようもある。

だが、こんな穏やかで優しい空気の中で、そんな態度をとられるのは……困った。

まるで普通の恋人同士のようだなんて、不覚《ふかく》にもちらっと、思ってしまう。

そういえば、こうやって家族以外の異性と手を繋ぐなんて、初めてだ。

なんだか緊張《きんちょう》して、妙な汗《あせ》が出てきそうになる。

「フローラ」

突然、クレメンスに名前を呼ばれて、思わず身体《からだ》が跳《は》ね上《あ》がった。

驚いた顔をするフローラに、クレメンスがくすりと笑いながら聞いてくる。

「そう呼んでも、いいかな？」

「は、はい……」

ぎこちなく頷《うなず》いたのは、地味姫《じみひめ》の演技だったのか、本当に動揺《どうよう》していたのか。

自分でもわからなくなって、ちょっと困ってしまう。

しばらく川にそって中庭を散策《さんさく》し、アーモンドの木やミモザで仕切られた、迷路のような小道を進んだ。

しばらく道なりに歩いていくと、やがて白いベンチがある花園に出る。

アネモネなどが咲《さ》き誇《ほこ》るその場所で、クレメンスが柔《やわ》らかな笑みを浮かべた。

「少し、休憩《きゅうけい》しよう。今日は天気がいいから、日向《ひなた》ぼっこも気持ちいいよ」

「……はい」

フローラも、微《かす》かだが笑みを浮かべて頷く。

並んで白いベンチに腰掛けると、丁度背後の木が日傘《ひがさ》代わりになってくれた。

ほどよい木漏《こも》れ日が降り注ぐ中で、なんとなく距離の近さが気になり、こっそりと端《はし》っこに身を寄せる。

だがすぐさま隣から、長い腕が伸びてきた。

「どうしたんだい、そんなに隅《すみ》っこに寄って。もっとこっちにおいで?」

甘い笑顔でそう言って肩を抱《だ》かれ、引き寄せられる。

ふわりと香ったのは……もうかぎなれた、クレメンスの香水の香りだ。

「ところで、フローラ。怪盗シュバルツのことなんだけれど」

肩を抱き寄せたまま、クレメンスが耳元に囁《ささや》いてくる。

「実は私も、大好きなんだ」

「そ、そうですか……っ!」

シュバルツファンらしく明るい声でそう言って、フローラはクレメンスを見た。

「格好《かっこう》いいですものね、シュバルツは!」

「そうだね、そして同じくらい可愛《かわい》らしくて、魅力的だ」

クレメンスがすっと長い指をフローラの頬に当て、熱のこもった声で言ってくる。

「そういえば、以前怪盗シュバルツと直接会って話をしたことがあるんだ」

「まあ……」

わざとらしくならないよう注意しながら、フローラは驚き目をぱちぱちとさせた。

クレメンスは、フローラをじっと見つめたままさらに言ってくる。

「今でも、あの時の興奮は忘れられないよ。夜の闇《やみ》の中をまるで舞《ま》うように軽やかに駆《か》ける姿も、愛らしくも誇り高い態度も、不敵《ふてき》に微笑みかけてくるところも、一瞬で心を奪《うば》われるくらいに、圧倒《あっとう》的な存在感を放っていた」

「へ、へえ……」

浮かべた笑みが引きつりそうになるのを、必死にこらえた。

――ほ、他のシュバルツのことだったら同意するのは問題ないのに！

クレメンスが語るシュバルツが自分のことだと思うと、妙な間《ま》が空いてしまう。

だがそんなフローラなど見えていないかのように、クレメンスは切々と続けた。

「長年憧《あこが》れていた怪盗シュバルツは、私の想像以上に、素敵になっていた」

「……なって、いたって……前にも、会ったことがあったんですか？」

つい気になってたずねると、クレメンスの目がすっと細くなる。

「うん、あったんだよ。多分、忘れられてしまっているようだけれどね」

「……いつ？」

「さあ、いつだと思う？」

クレメンスはそう呟きながら、フローラの顔を隠《かく》す前髪をすっと上に持ち上げる。

「あっ！」

慌てて前髪を下ろそうとしたフローラは、上げかけた手を途中で止めた。

フローラの前髪をどけた姿勢のまま、なぜかクレメンスが目を見張っている。

「あの、クレメンス様？」

戸惑《とまど》い声をかけたフローラの前で、クレメンスの頬が微かに、赤くなった。

「しまったな……その姿なら大丈夫だなんて、油断すべきじゃなかった」

なんのことだろう、と思っている間に、そっと手が離れる。

そして改めて自分を見下ろすクレメンスと目が合った時、フローラは——あまりに優しい眼差《まなざ》しを向けられて、言葉が出てこなくなった。

「綺麗だよ」

たった一言、そう囁かれる。

クレメンスの長い指がフローラの目元に触れ、掠《かす》れた声でもう一度言われた。

「綺麗だ……このまま、誰にも見せずに閉じ込めてしまいたいくらいに」

その言葉と触《ふ》れてくる指に、かあっと顔が熱くなる。

だがすぐに、フローラは自らに言い聞かせた。

――お、落ち着きなさいっ、これは私への言葉じゃないんだから!

クレメンスの甘い言葉は、怪盗《かいとう》シュバルツをたたえるもの。

そして閉じ込めたいというのも、捕《つか》まえると宣言《せんげん》してきたあの時と同じ意味だ。

間違《まちが》っても、フローラが鼓動《こどう》を速くするような理由で告げられた言葉ではない。

もしかして、なんて一瞬でも思う方が、どうかしている。

「そ、そういう台詞《せりふ》は、私に言わないで怪盗シュバルツ本人に言ってください!」

思わずそう言ってしまってから、フローラは後悔《こうかい》した。

これでは、彼が怪盗シュバルツに宣戦布告《せんせんふこく》をしたと知っているのを、白状《はくじょう》したのも同じである。自分から追及《ついきゅう》される隙を見せるなんて、せっかくの努力が台無しだ。

しかし身構えるフローラの予測に反し、クレメンスは鋭《するど》い言葉で探《さぐ》りを入れてくる気配《けはい》はない。あれ、と思って恐る恐る相手の目を見て……凍《こお》り付く。

――な、なんか怒《おこ》ってる!?

クレメンスの焦《こ》げ茶色の目が、見たこともない冷たい光を宿していた。

フローラを射《い》すくめるように見つめたまま、低い声が囁いてくる。

「なんで、いけないんだい？」

「な、なんでって……」

「君は私の花嫁候補、だろう。賞賛の言葉を向けて、なにか問題でも？」

あっと、つい間の抜《ぬ》けた声が唇からこぼれた。

するとクレメンスが、口元だけの不気味《ぶきみ》な笑みを浮《う》かべて、さらに言ってくる。

「そういえば、君は怪盗シュバルツに会えるかもという、不純《ふじゅん》な動機《どうき》でこの選考会に参加したとか、言っていた気がするけれど。まさか、あれは本気なのかな？」

ええと、と口ごもるフローラの頰《ほお》を、クレメンスの両手が包み込んできた。

「ちなみに本気でそうだった場合、グラナート国とヘルシャー国の間の信頼《しんらい》関係は、一体どうなってしまうか……考えたことはあるかい？」

フローラは、唇をわななかせクレメンスを見た。

「フローラ、返事は？」

「ち、違《ちが》い、ます。その……あ、あれはあくまで……きっかけ？」

「そうか、じゃあ君には花嫁に選ばれる意思がある、ということだよね？」

鼻先が触れそうなほどの距離から、クレメンスがやけに優しい声で聞いてくる。

フローラは、ぎこちなく頷いた。

するとクレメンスの口のはしが微かに上がる。

「そう。念のため確認するけど、私の他《ほか》に好きな人がいるとか、言わないね？」

「い、いま……せんよ」

こちらは、先ほどよりも自然な感じで答えることが出来た。

「本当に？」

こくこくと頷くと、クレメンスはようやく少しだけ目元を和《やわ》らげる。

「そうか、じゃあ問題ないね」

両頬を包み込む手はそのままに、クレメンスが整った顔をすっと寄せてきた。

「ねえ、フローラ。私は確かに、怪盗シュバルツに憧れている。ずっと追い求めて、捕まえてみせると誓《ちか》った。だけど、憧れと恋はどうやら違うらしい」

嫌《いや》な予感で、指先からじょじょに体温が消えていく。

だがクレメンスは、震《ふる》えるフローラにそれはそれは真剣《しんけん》な目で、言ってきた。

「私がこの選考会の終わりに、君を伴侶《はんりょ》に選んだら……頷いてくれるかい？」

「は……っ！」

フローラは、青ざめた顔で呆然《ぼうぜん》と口を開き、告げられた言葉を頭の中で繰《く》り返す。

だが、言われた内容を理解することを脳が拒否《きょひ》した。

──だって、伴侶に選びたいって、そんなの……無理に決まってる！

フローラがここに来たのは、あくまでも離宮《りきゅう》に潜入《せんにゅう》するためである。

花嫁候補として本気でヘルシャーの次期王妃《おうひ》を狙《ねら》う気など、全くない。

いきなりこんなことを言うなんて、一体どういうつもりだろう。

そう戸惑った直後、フローラははっと目を見張って、気づく。

──もしかしてこれも、怪盗シュバルツかどうか探るための揺《ゆ》さぶり？

本物の花嫁候補ならもちろん頷《うなず》けるよな、と言いたいのだろうか。

穏《おだ》やかな相手の目や優しい雰囲気《ふんいき》に、うっかり気を緩《ゆる》めた自分を恥《は》じる。

甘い言葉や慣れないふれ合いにペースを乱された、自分の未熟さが憎《にく》い。

しかも厄介《やっかい》なことに、政治とはかけ離れた世界で生きてきたフローラには、ここで頷いていいかどうかの判断が、すぐにつけられなかった。

もし間違って国際問題になったら、大変だ。

悩み、考え、悶《もだ》えた末に……フローラは、振《ふ》り絞《しぼ》るような声で告げる。

「ま、まずはお友だちから……お願いしますっ！」

苦肉の策は受け入れられ、この日フローラとクレメンスは……お友だちに、なった。

2

一般的《いっぱんてき》にお友だちというのは、互《たが》いに気の置けない関係を示す言葉だ。

お互いに共通の趣味《しゅみ》があったら、それについて語らい、楽しい時間を過ごす。

その点では、フローラとクレメンスも実に『お友だち』らしい時間を過ごしていた。

散歩の翌日から、クレメンスはフローラの元へ暇《ひま》を見つけてはやってくる。

そして話すのはもちろん……怪盗シュバルツについてだ。

天気のよいその日は、噴水《ふんすい》の傍《かたわ》らにあるベンチに並んで座り、熱く語り合う。

「私はね、怪盗シュバルツの魅力《みりょく》はやはりあの華《はな》やかな登場だと思うんだよ」

真剣な目をしてそう告げるクレメンスに、フローラも思わず拳《こぶし》を握《にぎ》って頷いた。

「そうですね……地形や天候を利用した神々《こうごう》しい演出から、花火などを使う近代的な方法まで、個性豊かで魅力的な登場の例は、本当に多くて……」

「黒の秘宝を持っている人間の趣味や、その時の状況に合わせて、最も喜んでもらう演出を選ぶ。そして、持ち主から宝を奪うけれど、けして相手を悲しませない。過去怪盗シュバルツの被害《ひがい》にあって、悲しい思いをした人間は、一人もいないらしいね」

うんうん、と力強く頷き、フローラは抑えきれぬ笑みを浮かべる。

「そうなんです、怪盗シュバルツは……ただ奪《うば》うだけの他の泥棒《どろぼう》とは、違うんです」

黒の秘宝が巻き起こす不幸から、人々を守ることが、怪盗シュバルツの使命だ。

けして私利私欲のためには動かず、誰かを不幸にすることはしない。

そんな歴代シュバルツに憧《あこが》れる者としては、そこを理解してくれるクレメンスとの会話は……実に、楽しかった。

柔《やわ》らかな木漏《こも》れ日の下に並んだ二人の話題は、全く途絶《とだ》えない。

「そういえば、隣国《りんごく》の戯作《げさく》者が書いた『孤高《ここう》の怪盗』は読んだかい？」

「ええ、もちろん……七十年前に実在したシュバルツをモデルにした作品は多くて、どれも魅力的ですけれど……あの作品は史実《しじつ》に本当に忠実で、すごいですよね」

地味姫《じみひめ》としての演技は忘れないようにしつつも、つい口数は多くなる。

話が盛り上がれば興奮して頬が赤らむし、つい時間がたつのも忘れて話し込んだ。

――シュバルツファンだと告げてあるんだから、変に冷静でいるより自然よね。

誰に言い訳するでもなく、そう思う。

でもやっぱり、どこか後ろめたくて……フローラはスカートをぎゅっと握った。

だが、その手に……音もなく大きな手が被《かぶ》さってくる。

驚《おどろ》いて横を向くと、クレメンスが柔らかな笑みを向けてきた。

「今日は風が強いけれど、寒くないかい？」

「だい……じょうぶ、です」

ぎこちない答えを返しつつ、フローラはいつの間にかなくなっていた距離に驚く。

座った時は、拳三つは開いていていた二人の距離が、今は拳一つも入らない状態だ。

いつの間に、こんなに近づいていていたのだろう。

話に夢中になっていて気づかなかった自分に、驚いてしまった。

だが落ち込む間もなく、重なった手をぎゅっと握られる。

「でも手が、ちょっと冷たいな」

ほら、と言いながら持ち上げられた左手が、クレメンスの頬にそっとあてられた。

温かくて意外に柔らかな頬の感触《かんしょく》と、間近《まぢか》で見つめてくる優しい目が、心臓に悪い。

ドキドキと早鐘《はやがね》を打つ鼓動を持てあまし、手を引いて逃げたくなった。

でも花嫁候補でお友だちという立場を思いだし、すんでのところで踏《ふ》みとどまる。

必死に平静を装《よそお》うフローラの顔を、クレメンスはさらにのぞき込んできた。

「おや、どうしたんだい？　顔も、少し赤いようだけれど……」

「そ、そうでしょうか？」

「うん、もしかしたら熱でもあるのかな……測ってみるかい？」

クレメンスがそう言って、額を寄せてこようとするのを、全力で止める。

「だ、大丈夫《だいじょうぶ》ですっ！　あの、元々こういう顔色なので……っ！」

振り絞るような声で告げるフローラを見て、クレメンスは……くすりと、笑った。

そしてその反応にきょとんとしたフローラの髪に口づけ、楽しげな声で呟《つぶや》く。

「残念だな、てっきり私にドキドキしてくれたのかと、思ったのに」

「……どっ！」

ドキドキなんて、していません。

そう否定しようとしたが、途中ではっと口を閉じて、クレメンスを見た。

そうだ、この場合……素直にそうなんです、と言ってしまったほうが自然である。

——それなのにどうして私は、そう思われるのが恥ずかしい、なんて思ったの？

よくわからない自分の心境《しんきょう》に、内心首を傾《かし》げた。

だが一度出かけた否定の言葉は、もう取り返しがつかない。

クレメンスは詰《つ》めていた距離を少しだけ開けて、困ったような顔で言ってくる。

「ごめん、お友だちにしては、少々やり過ぎたかな。大丈夫だ、返事は花嫁選考会が終わる時まで、待つから。ただあまりにも、君が可愛《かわい》くてね」

「可愛いだなんて……」

フローラは照れた素振《そぶ》りでうつむきながら、空いている手でそっと胸を押さえた。

お世辞《せじ》だとわかっているが、褒《ほ》め言葉自体に慣れないせいで妙《みょう》にそわそわする。

──今は怪盗《かいとう》シュバルツじゃなく、地味姫なんだから……可愛くなんてないのに。

艶《つや》やかな髪と肌の白さを台無しにする冴《さ》えない色のドレスと、顔立ちの長所を消す化粧《けしょう》をほどこした、完璧《かんぺき》な地味姫スタイルは、今日もぬかりない。

それなのに、クレメンスの口調《くちょう》も眼差《まなざ》しも、嘘《うそ》や演技には見えないから、困る。

──さ、さすがは怪盗シュバルツに宣戦布告《せんせんふこく》してくる男ね。

フローラは動揺《どうよう》が激しくなるばかりの状況に、眉根《まゆね》を寄せて考えた。

このままやられっぱなしでは、この間せっかく一矢報《いっしむく》いたかいがない。

すうっと息を吸い込んで乱れた心を整え、フローラは居住《いず》まいを正す。

相手のペースで話が動き心が乱れるのなら……攻撃こそが最大の防御《ぼうぎょ》だ。

そう自分に言い聞かせ、フローラは握られたままだった手にもう一方の手を重ねる。

「ク……クレメンス様のような、素晴《すば》らしい方にそう言って頂けて、光栄です」

「素晴らしいだなんて、とんでもない」

さらっと流して相手がさらにフローラを褒めようとするが、ぎゅっと手に力を込め相手より先に言葉を続けた。

「謙遜《けんそん》なさらないでください……先日お部屋にお邪魔《じゃま》して、その、嫡子《ちゃくし》として頑張《がんば》っておられる様子を……少しだけ垣間見《かいまみ》せて頂きました」

かつてマリアに言われた『相手を褒めるのなら、嘘をつくより本当にいいと思った部分を見つけて褒めましょう』という言葉にならい、フローラは小さな声で告げる。

「民《たみ》のため、国のために頑張っていらっしゃるお姿は、本当に素敵《すてき》だと思います」

グラナートの王族ではあっても、自国のために働けないフローラには、嫡子として奮闘《ふんとう》するクレメンスが、余計《よけい》に眩《まぶ》しく見えた。

いきなり褒められたことに、クレメンスは驚いたような顔を見せる。

しかしすぐに平静に戻《もど》ると、いつもの人当たりのよさそうな笑みを向けてきた。

「ありがとう。でも、仕事が山積みなのは、要領が悪い証拠《しょうこ》だよ。本来は、時間内に片付けるべきなのに」

決まり悪そうにそう言ったクレメンスは、多分本気でそう言っているらしい。

だが、フローラは思わず眉間《みけん》にしわを寄せてしまう。

「無理をおっしゃるのは、感心しませんわ……ブルーノさんから、今クレメンス様が抱《かか》えているお仕事については、少し聞いております」

嫡子として、各部署から上がってくる書類を確認するだけではない。

父である国王の補佐《ほさ》や、王都にいない異母弟《いぼてい》が行う予定だった仕事まで引き受け、即位《そくい》後の準備から不穏《ふおん》分子のあぶり出しまで、全部自分で抱え込んでいるそうだ。

もちろん、この花嫁選考会に関する仕事も、クレメンスが責任者である。

「人間の身体《からだ》は、一つしかないのです。こなせる仕事には、限界がありますわ」

「その限界量をどう引き上げるかが、腕の見せ所だと思わないかい？」

首を傾げてそう言ってくるクレメンスに、思わず語調が強くなった。

「努力と向上心は大切ですが、仕事量の限界と一緒《いっしょ》に生物としての限界を突破《とっぱ》して、そのまま身体を壊《こわ》してしまったら、どうなさるおつもりなのです？」

少しは自分を大事にしないと、と思わず諭《さと》したフローラを、クレメンスはぱちぱち瞬《まばた》きしながら見つめてくる。

だがやがてその整った顔に——柔らかくて、少し照れくさそうな笑みが浮《う》かんだ。

「ごめん……ありがとう」

フローラは、向けられる笑顔と声の優しさに動揺しながらも、ぼそっと呟く。

「謝ってほしいのではなく、気をつけて頂きたいだけ、です」

フローラの方へ身体を向けたクレメンスは、うん、と頷くと手を静かに引いた。

そして空いた手で、髪に隠《かく》れていた頬《ほお》にそっと触《ふ》れてくる。
「心配してくれる君を、悲しませるわけにはいかないから」
きらきらと後光が射すような笑顔が、鼻先が触れそうな距離に迫《せま》ってきた。
フローラは赤い顔で唇をわななかせ、眼前《がんぜん》のクレメンスを見つめる。
なにか言おうとして……でも、結局はなにも言わないまま、口を閉ざした。
――こんなに素直に喜ばれたら、勝ち負けとか、考える私が無粋《ぶすい》すぎるわ。
相手を自分のペースにしようと頑張ったのが、ちょっと恥《は》ずかしくなるくらい……。
クレメンスの焦《こ》げ茶色の目は、嬉《うれ》しそうに輝いている。
別に嘘を言ったわけじゃないし、心からの言葉だから、罪悪感はわかない。
ただ、こんな言葉で予想外に喜ぶ相手に、戸惑《とまど》いと少しの不安を感じる。
――やっぱり、普段心配してくれる人がそばにいないって、ことなのかな。
もやもやした気分でクレメンスを見た。顔色は、会った時よりは少しだけいい。
体調を探《さぐ》るようにじっと見つめていると、クレメンスが困った顔で立ち上がる。
「時間が経《た》つのを忘れてしまったけれど、そろそろ君の侍女殿《じじょどの》が心配する」
行こう、と差し出された手を取った。大きな手には、ペンだこと剣《けん》だこが両方ある。
この人は一人で、一体どれほどのものを抱えているのだろう。

　フローラはせめてもの激励《げきれい》と労《ねぎら》いを込め、クレメンスの手を握る手に力をこめた。

　フローラを部屋まで送り届け、自室へと戻る前に、クレメンスは中庭に立ち寄る。

　先ほどまでフローラといた場所とは違《ちが》う、木々に囲まれた隠れ家《が》のような庭だ。

　その中央を流れる水路の前に立ち、水の流れをじっと見つめて、顔を手で覆《おお》う。

「参ったな……あれは、反則じゃないのか」

　彼女が部屋に現れてからのこの数日間、できる限り一緒に過ごすようにしてきた。

　その結果、クレメンスの胸にある感情が広がり初めている。

　怪盗シュバルツに対して抱《いだ》く、捕《つか》まえたい、という攻撃的な感情とは正反対の……酷《ひど》く温かくて、くすぐったい気持ちだ。

　もちろんその原因は、フローラである。

　怪盗シュバルツに夢中だったはずが、今や普段の彼女の方が気になって仕方ない。

　いくら彼女が地味姫として存在感を消そうとしても、目が勝手に吸い寄せられる。

「他の人間がなぜ彼女に気づかずにいられるのかが、不思議《ふしぎ》なくらいだよ」

　そう呟いてから、しかしその方がありがたい、と思わず渋面《じゅうめん》になった。

　彼女がもしあの地味姫の仮面を被っていなかったら、と考えただけでぞっとする。

「必死に地味に振《ふ》る舞《ま》っている今でさえ、可愛くて困るというのに」

ため息を吐《つ》いて目を閉じれば、フローラの姿がただちに浮かんできた。

おどおどとした態度をとっているが、フローラは意外と表情豊かである。

目元は見えなくても、ちょっとした仕草《しぐさ》や声の調子で、大体のことは伝わってきた。

正直、顔を隠して野暮《やぼ》ったいドレスを着ようが、フローラは愛らしい。

「一度だけ彼女の目元を隠す前髪をどけてみたけれど、あれは心臓に悪かったな」

そっと目を開けてそう呟き、クレメンスは腰に手を当てる。

驚《おどろ》いたように見張られた大きな目も、形よい鼻も、花のような唇も、全《すべ》てが思わず言葉を失うくらいに魅力的《みりょくてき》で……正直、呼吸をするのも忘れて見とれてしまった。

大陸の華《はな》と呼ばれた彼女の兄姉さえ、クレメンスの目にはかすんで見える。

「綺麗《きれい》だ、可愛い、そんなありきたりの褒め言葉しか、頭に浮かばないなんてな」

これまで様々な美辞麗句《びじれいく》を操《あやつ》ってきたのに、肝心《かんじん》な時には出てこないらしい。

自分の感情や言動をうまく操れないなんて、生まれて初めてだ。

フローラといると、自分でも知らなかった一面に気づかされる。

「つい閉じ込めたいなどと言って、彼女を戸惑わせたのは、少々情けなかったがね」

意図《いと》せず本音を口にしたあの時、フローラがあまりにもつれない反応をするので、うっかり大人げない態度をとってしまったのは、今更《いまさら》ながら悔《く》やまれた。

本気ではなかったとはいえ、あのような脅《おど》しは、絶対に口にするべきではない。

「感情にまかせて立場を利用し迫るなんて、思い出すだけで情けない」

自嘲《じちょう》的な笑みを浮かべて、クレメンスは腕を組む。

以前は、怪盗シュバルツをどんな手を使ってでも、捕まえる気だった。

でも今、あの優しい姫君を手に入れるために……脅しも罠《わな》も使いたくないと思う。

「ある意味、悪意満載《まんさい》の刺客《しかく》より手強《てごわ》いな」

フローラに、自分を見てほしかった。

ただし、力ずくではなく、彼女自身の意思でそうしてほしい。

もちろんそのためには、もっと時間をかけてフローラと話す必要があるだろう。

だから、あの時——感情のままに発した申し出をフローラがかわしてくれたのは、僥倖《ぎょうこう》だった。

「お友だち、でいいよ……今のうちはね」

新しく胸に芽生《めば》えた感情を、クレメンス自身がコントロール出来ないうちは、まだ先へ進むのは早い。

ほんの少しだって、彼女を傷つけるものは許せそうになかった。

たとえそれが、自分自身でも、その思いは変わらない。

追いかけ振り向かせ、この手で捕まえると誓《ちか》った怪盗シュバルツへの思いは、憧《あこが》れ。

近くにいて、大事に関係を深め、その存在を優しく見守りながら、いつかは自分を見てもらえるよう頑張ろうと思うこの気持ちは……恋だ。

憧れは超《こ》えるために存在するが、恋はともに守り育《はぐく》んでいくものである。

「手を繋《つな》いでお散歩から始めるだなんて、まるで思春期の少年のようだけれど」

あの初々《ういうい》しい姫君に合わせるのなら、今くらいの距離からが一番だ。

次はどう距離をつめるか、と考えていると、誰かが駆《か》け寄ってくる。

思わず身構えたが、すぐに足音の主《ぬし》が誰か気づき、警戒《けいかい》を解いた。

間を置かず、茂《しげ》みの向こうから珍《めずら》しく息を切らしたブルーノが現れる。

汗《あせ》だくになって肩で息をするのを見て、クレメンスの表情が険《けわ》しくなった。

「なにかあったのか？」

「すん……ません。俺のミスです……さっき王宮に、あの人達が来ました……」

苦しげな顔で呼吸を整えながらも、ブルーノはクレメンスに向かって言った。

「さんざん手紙で断ったのに、例のクレメンス様好みだっていう美女を連れて、国王陛下に直談判《じかだんぱん》しやがったそうで……面目《めんぼく》ない！」

最敬礼で謝ってくるブルーノの肩を叩《たた》いて、クレメンスは苦い顔で呟《つぶや》く。

「気にするな。息子に試練を与えるのが趣味《しゅみ》の男を、退位させなかった私が悪い」

嫡子と王では、最終的な力関係に差が出る。

クレメンスが却下《きゃっか》しても、国王が許可を出せばそちらが国の決定となるのだ。

「人を集めて、連中の身辺を洗い、追い出す理由を作れ。私は王宮へ行き連中を食い止める。途中参加には煩雑《はんざつ》な手続きと規定を設けるから、これ以上ない面倒《めんどう》な書類を大量に作れ。国王の許可が出ても、出来る限り離宮《りきゅう》入りは引き延ばすんだ」

なにせこの離宮には、フローラがいる。

あの綺麗な目に、欲と嫉妬《しっと》にまみれた連中の姿をさらしたくはない。

「離宮に用意する部屋は、本棟《とう》の私の部屋の近くだ。そばに置いて監視《かんし》をする」

「自分を狙《ねら》う相手を？　それはちょっと、危険すぎませんか？」

自室へ向かうため歩き出したクレメンスは、すれ違いざまブルーノに言う。

「惚《ほ》れた相手を危険にさらすよりは、自分が狼《おおかみ》と一緒の檻《おり》で眠ったほうがましだ」

そばにいて、フローラと言葉を交《か》わし、憧れに近かった思いは確実に恋になった。

素直な反応も、自分を気づかうその優しさも、全てが愛おしく……守りたい。

クレメンスは初めて感じるその思いにつき動かされ、一路王宮へと向かった。

3

順調に花嫁選考会が進み、クレメンスとの交流を深める日々の中……。

フローラは、自分のあり方に激しい疑問と戸惑いを感じていた。

「なんで地味姫《じみひめ》のはずが、花嫁候補の筆頭《ひっとう》として着実《ちゃくじつ》に歩んでいるの……っ!?」

深い後悔《こうかい》の海に沈《しず》みながら、マリアの膝《ひざ》に額を埋《うず》めた。

ハイモがそんなフローラを心配するように、籠《かご》の中でケーケーと鳴いている。

まだ朝食の時間には早い早朝だが、実は昨夜《ゆうべ》から、一睡《いっすい》もしていない。

ずっと、応接室の長椅子《ながいす》から動けずにいる。

それに付き合うマリアも、また同じだ。

「お友だちって……なんであんなこと、言っちゃったんだろう……」

求婚《きゅうこん》を断るため、苦肉の策で口にした言葉が、フローラの首をじわじわしめてくる。

あれがきっかけで、クレメンスと交流する機会は増え……。

周りからは『まあ仲のいいお二人だこと』的な視線を、受け始めた。

おまけに昨日なんて、手を繋いで部屋まで送ってもらう姿を見た他《ほか》の花嫁候補に、ものすごく優しい笑顔で『お似合いのお二人ですわね』なんて、言われて……。

「黒の秘宝について調べるために来たのに、これじゃあ、これじゃあ……」

「確実に、外堀《そとぼり》から埋められていくのでしょうね」

さくっと躊躇《ためら》っていた言葉を代わりに言われ、フローラは低いうめき声をこぼす。

「私がもっと……大人の対応が出来れば……」

兄や姉のような生粋《きっすい》の王族なら、ああいう場面でスマートに切り抜《ぬ》ける方法だって知っているはずだ。

悔《くや》しがっていると、フローラの頭をなでていたマリアが妙《みょう》に冷静な声で呟く。

「お友だちは、悪い手ではなかったと思いますよ」

私でもそう言ったと思います、との一言に、フローラはのろのろと顔を上げた。

するとマリアが、茶色い優しげな目を静かに細めて続ける。

「だってお友だちなら『やっぱりそういう対象には見られなかった』と告げて、最後は問答《もんどう》無用でさようなら、が通じますもの」

下手《へた》に肯定《こうてい》したり否定したりするより、後腐《あとくさ》れがないと褒《ほ》められた。

フローラは眉《まゆ》をひそめて、マリアに反論する。

「でも、友だちなのよ。そんな、裏切るようなことは……」

「フローラ様。もしかして本気で、お友だち発言に責任をとるおつもりで？」

そうたずねられ、フローラははっと口元を押さえた。

「そうか、方便《ほうべん》……」

「だと、思っていたのですけれど……」

違《ちが》うようですね、というマリアの呟きに、ぎくりとする。

初めはもちろん、方便だった。でも、クレメンスと話をするうちに、彼との会話を楽しんで、気づくとついついクレメンスを心配している。

そんな自分を改めて自覚し、ぎゅっと唇を引き結んだ時、マリアが聞いてきた。

「フローラ様は、クレメンス様のことをどう思っていらっしゃるのです？」

真剣《しんけん》な目で見つめられ、フローラは静かに起き上がる。

そして、マリアの問いかけに……真摯《しんし》な声で答えた。

「嫡子《ちゃくし》として、すごく頑張《がんば》ってる人だと思う」

「それで？」

「一人で頑張って無理をしそうな人だから、ちょっと心配ね」

「他には？」

「ええと……ひ、人との距離が近い上、たまにかなり恥《は》ずかしいことを言うとこは、心臓に悪いから止《や》めてほしい、かも。可愛《かわい》いとか、そんなこと言われ慣れてないから……お世辞《せじ》だってわかっていても、ついドキドキしてしまって、困るわ」

マリアはフローラの回答を聞くと、静かに頷《うなず》く。

「なるほど、よくわかりました」

なにがわかったと、いうのだろうか。

戸惑《とまど》うフローラをよそに、マリアはすっくと長椅子から立ち上がる。

そしてなぜかつかつかと窓に歩みよると――勢いよく、カーテンを引き開けた。

その向こうに見えた人影《ひとかげ》を見て、フローラは目を丸くして叫《さけ》ぶ。

「おじ様っ!?」

リラの花が茂る庭には、いつからいたのか庭師《にわし》姿のおじ、アドルフの姿があった。

よれた感じの焦《こ》げ茶色のズボンに、黄ばんだ綿《めん》のシャツを着て、長くてぼさぼさの髪を無造作《むぞうさ》にくくったその姿は、とても王族には見えない。

だが、背後が透《す》けて見えそうなほどの存在感の薄さと、へらっと力なく笑う姿は、間違《まちが》いなくフローラのおじで、怪盗《かいとう》シュバルツの師匠《ししょう》であるアドルフだ。

マリアは驚《おどろ》いた様子もなく窓の鍵《かぎ》を開けて、アドルフを中に招き入れる。

「立ち聞きなんて、行儀《ぎょうぎ》が悪いわね」

「いや、女の子同士の恋バナに、おじさんが口を挟《はさ》むのもどうかと思って」

「こ、恋バナっ!?」

思わぬ言葉にぎょっとして立ち上がると、おじは頬《ほお》をかきながら聞いてきた。

「あれ、違ったの?」

「ち、違いますっ!」

ぶんぶんと頭を左右に振《ふ》ってから、フローラはなぜか熱くなる頬を押さえ呟く。

「変なこと言わないでください、私はそんな、恋とか、全然考えたこともないのに!」

「それはそれで問題だと、おじさんは思うのだけれど」

腕を組んで渋《しぶ》い顔をするアドルフを、窓を閉めたマリアが嫌そうににらんだ。

「偉《えら》そうなことを言えた義理ですか。大体フローラ様の初恋《はつこい》問題よりも、もっと気にすべきこともあるでしょう」

するとアドルフは、そうだった、と急に真面目《まじめ》な顔になり、マリアの両手をそっと包み込むようにして握《にぎ》る。

「そうだ、マリア——遅くなってすまなかったね」

急にきりりとした顔になるアドルフを、マリアが怪訝《けげん》な顔でにらんだ。

だがアドルフは、冷たいマリアの視線に怯《ひる》むことなく、熱い口調《くちょう》で続ける。

「君が花嫁選考会のためヘルシャーに旅立つと聞き、私がどれほど心配したか」

「……私は付きそいの侍女《じじょ》だから、心配されるべきはフローラ様なのだけれど」

「侍女と嫡子《ちゃくし》の禁断の恋、という可能性もあるだろう」

真剣な顔でそう言ったアドルフに、マリアは疲れ切った顔で告げた。

「悪いけど私、徹夜《てつや》明けだから……あなたの冗談《じょうだん》に付き合う気力がないのよね」

だから黙れ、と言おうとしたのだろう。だが、アドルフはなぜか嬉《うれ》しそうに笑う。

「もしかして、夜も眠れないくらい私を心待ちにしていたのかい……可愛いマリア」

「そういう夢がみたいなら、今すぐベッドでお休みになったら？」

「再会して早々にベッドに誘《さそ》ってくるなんて、君はいつからそんな大胆《だいたん》な子になった……ぐふっ！」

みなまで言うことなく、アドルフはマリアの拳《こぶし》を腹に受けその場に座り込んだ。

怒《いか》りのあまり無表情になったマリアが、アドルフの頭を見つめて低い声で言う。

「次にふざけたセクハラ発言したら、布団《ふとん》で簀《す》巻《ま》きにして庭の小川に沈めるわ」

「……ごめんなさい、調子にのりすぎました」

相変わらずのやり取りの後で、アドルフはぼそっと呟《つぶや》いた。

「嫡子殿がグラナートの候補に首ったけだと聞いて、もしや、と不安になった分……

つい反動が出たんだよ。マリアは昔から、年上にも年下にも好かれるし」

「むだな心配をする前に、弟子《でし》で可愛い姪《めい》っ子のフローラ様を案じるべきね」

「はいはい、マリアに変な虫がついてないなら、もちろんそうしますよ」

立ち上がったアドルフは、長い足でひょいっとフローラのいる長椅子《ながいす》の向かい側に進み、空いていた椅子に腰を下ろす。

そして、まだ立っているマリアをにこやかに手招きした。

「ほら、立ち話もなんだから。まずは座ろう。君の席はもちろん、大親友の隣だよ」

マリアはため息を吐《つ》いたものの、無言でアドルフの隣に腰掛ける。

ただし、二人の間の距離は拳三つ分ほど開けられていた。

アドルフはそれに気づくと、すかさずマリアの方へ移動し、ぴったりくっつく。

そして嫌そうな顔で横を向くマリアに構わず、厳しい表情でフローラに聞いてきた。

「それで、現状《し》を報告してもらってもいいかな?」

一気に引き締まったその場の空気に緊張《きんちょう》しながらも、フローラははい、と頷いた。

そして、かいつまんでこれまでの事情を話し、クレメンスとのことも伝える。

その後で、自分の不甲斐《ふがい》なさをあらためて謝った。

「相手の気配《けはい》に気づかず待ち伏《ぶ》せを許して、地味姫と怪盗シュバルツの関連を相手に気づかれてしまったのは、私のミスです。本当に、申し訳ありませんでした」

「うんまあ、今回は見習い期間中の、初めての失敗だからね」

次からは気をつけるように、と言ってくるアドルフの態度は、あまりにもあっさりしすぎていて、フローラはなんだか不安になる。

ちゃんと伝わっているのだろうか、と首を傾《かし》げながら、もう一度念を押した。

「クレメンス様は、私が怪盗シュバルツだという証拠《しょうこ》をつかもうとしているんです」

「なるほどね」

「宣戦布告《せんせんふこく》も受け、必ず捕《つか》まえるとも言われました」

「ふーん、なかなかドラマチックな関係じゃないか」

顔は真面目なのに、どこかずれた相づちを打つおじの真意が、どうもつかめない。

戸惑うフローラに、アドルフは妙に楽しげな声で言ってくる。

「まあ、怪盗として捕まる前に、花嫁候補として捕まえられてしまいそうなのは……正直どうかと思うけれどね」

「それは……っ！」

「ああ、いいんだよ。別に、責めているわけじゃない。ただ、詳《くわ》しく聞かせて」

噂《うわさ》じゃわからないことが多いからね、と言うアドルフに、フローラは赤い顔になりながらも、説明した。

「く、詳しくもなにも、黒の秘宝を手に入れるために、花嫁候補を装《よそお》い離宮《りきゅう》に潜入《せんにゅう》したのですが……先日クレメンス様に、は、伴侶《はんりょ》に選んでいいかと、聞かれまして」

「ほほう、それはまた……」

腕を組んだアドルフは、楽しげに唇の端を持ち上げる。

「君は、どう答えたの？」

「……立場上、断るのもまずいので『まずはお友だちから』と」

それを聞いたアドルフが、なぜか苦い顔をしてマリアをちらりと見た。

だがマリアが目を合わせようとしないため、ため息を吐いてフローラに向き直る。

「回答としては、実に逃げ道が多くて生殺《なまごろ》し感のある、まあ他人事《ひとごと》なら悪くはないと思える選択《せんたく》だね。でも、君は……どうなんだい？」

「どう、とは？」

「だから、嫡子殿からの求婚《きゅうこん》について、どう思っているのかということだよ」

にやにや笑いながら問われ、フローラは戸惑い顔で黙り込む。

だが、途中でふとある可能性に気づいた。

――現役の怪盗シュバルツであるおじ様が、むだな質問をするはずがないわ。

きっと一見野次馬根性《やじうまこんじょう》でしたように聞こえるあの質問にも、深遠な意図《いと》がある。

必死に考え、フローラは気づいた。

「そうか……あの求婚も、本当は罠《わな》だったんだわっ！」

はっと目を見張ってそう呟いたフローラを、アドルフは無言で凝視《ぎょうし》してきた。

その沈黙を肯定《こうてい》と考え、フローラは緊張した面持《おもも》ちで続ける。

「考えてみれば、その前に閉じ込めたい、とも言われてるし。甘い言葉や仕草《しぐさ》で私をドキドキさせようとしたのも、あの求婚も、私を動揺《どうよう》させるための嘘《うそ》よね……っ！」

納得《なっとく》するフローラとは反対に、アドルフは恥ずかしそうに両手で顔を覆《おお》った。

「マリア……僕の姪が、なんだか斜《なな》め方向に鈍《にぶ》く成長しちゃったようなのだけれど」

「近くに似たようなことを軽々しく言う人がいたせいで、感覚が狂《くる》ったんだわ」

おかわいそうに、とため息をついたマリアに、アドルフが渋面《じゅうめん》を浮《う》かべる。

「軽々しく言ってるつもりはないよ。君とも、ゆっくり話をするべきのようだ」

「ええそうね、百年後くらいにゆっくりと話しましょうか」

聞く気がないな、と丸わかりの返事をしたマリアを、アドルフが悲しげに見た。

だが、マリアは何事もなかったかのような態度で、フローラに言ってくる。

「フローラ様、確かに閉じ込めたいなんて物騒《ぶっそう》な発言ですが、それは多分……」

「大丈夫《だいじょうぶ》、わかっているわ。考えてみれば、あまりにもおかしいもの」

マリアの言葉をさえぎり、フローラは凛《りん》とした顔で続けた。

「花嫁選考会自体、異常に参加者が少ないし、あまりにも公募《こうぼ》の期間が短すぎるし、大国の花嫁選考会にしては和《なご》やかすぎるし……普通ならこんなことありえない」

一瞬でもドキドキしたのが悔《く》やまれるほど、これはあからさまに、罠である。

「あのクレメンス様の花嫁ともなれば、本当ならみんな競《きそ》って奪《うば》い合うはずよ」

仕事熱心で、優しげな物腰《ものごし》で、精悍《せいかん》だが整った顔をしている彼は……ヘルシャーの嫡子《ちゃくし》であることを抜《ぬ》きにしても、魅力的《みりょくてき》な人だ。

一緒《いっしょ》に話をしていて、時折《ときおり》見せてくれるくつろいだ表情など、思わず言葉をなくし見とれてしまう。彼を警戒《けいかい》すべきフローラでさえこうなのだから、本来ならそういう事情のない他《ほか》の花嫁候補が、こぞって彼の寵愛《ちょうあい》を競い合うところだ。

それが、むしろフローラとクレメンスを応援《おうえん》するような態度さえ見せる。

「どうして、あんなに余裕《よゆう》の態度でいられるのかと、ずっと疑問だったの」

あごに手をやり真剣《しんけん》に悩んでいると、マリアが珍《めずら》しく言いにくそうに告げてきた。

「お言葉ですが、貴族の社会ではすでに特定の相手が決まっている時……形式のみの選考会を開くことがあるので、その点はあまり不思議《ふしぎ》ではありませんね」

思わぬ言葉に驚《おどろ》いてマリアを見れば、苦い顔で教えてくれる。

「そういった場合、本命以外の候補者は、全員事情を知っているさくらで……実際は二人が結婚までに仲を深められるよう、応援するのが役目のようなものですから」

「無理に頑張《がんば》ることもなく和やかでも、不思議じゃないってわけね。それなら、短い応募《おうぼ》期間も納得だわ。でもそうなると、本命って……」

誰かしら、と聞く前に、フローラは口を押さえて視線を泳がせた。

他の花嫁候補三人が、そろって穏《おだ》やかな毎日を送る中で、一人お膳立《ぜんだ》てされたかのように、クレメンスと順調に仲を深めていた人物なんて……自分しかいない。

「一体あの人は、いつから私を怪《あや》しんでいたの？」

苦い顔で呟き、フローラはクレメンスの周到《しゅうとう》さに今さらながらぞっとする。

クレメンスと出会ったのは、ファッケル氏の屋敷を訪れたあの日だと思った。

でも、花嫁選考会の準備期間などを考えたら、それでは間に合わない。

もしかしてあれよりもっと前に……彼と会っていたのだろうか？

額《ひたい》を押さえて記憶をたどるが、思い出せない。焦《あせ》りながらも、アドルフに問う。

「おじ様、怪盗《かいとう》シュバルツがヘルシャーに関わったのは……」

「この国の嫡子殿が生まれてからは、十六年前、十二年前、五年前の計三回お役目があったかな。あとは、君の勉強もかねて宝物庫に忍《しの》び込んだ、二年前だ」

二年前――あの頃《ころ》は、怪盗シュバルツであるおじの技を盗《ぬす》むのに必死で、お役目に関すること以外はよく覚えていない。曖昧《あいまい》な記憶が、憎《にく》らしく思えた。

王宮に忍び込んだことは多数あったが、そこでも記憶《きおく》しているのは鍵《かぎ》の開け方や、王宮の構造や警備の状況、それから……ふと、頭のすみになにかが引っかかる。

王宮の警備状況を調べている時に、なにかがあったような気がした。

でも、必死に記憶をたどろうとすればするほど、肝心《かんじん》な部分が思い出せない。

もどかしげに拳を握ったところで、突然、部屋の扉《とびら》が叩《たた》かれた。

慌《あわ》ててアドルフを見れば、すでに部屋のチェストの陰《かげ》に隠《かく》れている。

気配の消し方は、さすが現役のシュバルツだけあって完璧《かんぺき》だった。

マリアが立ち上がり、扉の外に声をかける。

「どなたです?」

「あ、マリアさん……おはようございます、俺です」

ひょうひょうとした印象の声がそう名乗るのを聞いて、マリアが鍵を開けた。

扉の外にいたのは、いつもよりちょっと疲れた顔をしたブルーノである。

「朝っぱらから、すいません」

「いいえ、お仕事なんでしょう？　それに起きていましたから、大丈夫です」

ご用件は、とたずねたマリアに、ブルーノは苦い顔で言ってきた。

「実は、今日予定していた乗馬会と、明日以降の花嫁選考会の行事は、ちょっと日を先延《さきの》ばしすることになりそうなんで。その連絡に」

「なにかありましたか？」

「ええと、まあ色々と……詳しくは、口止めされてて言えないんですけど……姫君にご迷惑《めいわく》をかけないためにも、うちの主《あるじ》がしばらく王宮に戻《もど》ることになりまして」

へらっと笑ったブルーノは、小さな声で付け足す。

「でも俺は、こっちとあっちを往《い》き来《き》するので、なにかあれば今まで通り、遠慮《えんりょ》なく声をかけてくださいね。あと、落ち着いたら一緒に飯を食いにいきましょう」

「ええ、ありがとうございます」

それじゃ、と手を振《ふ》ったブルーノを見送り、マリアが扉を閉めた。

それと同時に、チェストの陰に隠れていたアドルフが腕を組み姿を現す。

「今の、誰？」

「クレメンス殿下《でんか》の腹心でいとこの、ブルーノ様です」

さらっと答えてマリアが長椅子《ながいす》に座り直すと、アドルフがその背後に立った。

「ずいぶん、仲がよさそうだね」

「花嫁選考会の雑事を任されているから、なにかと気にかけてくださるの。クレメンス殿下の情報や、離宮内のことも聞けるから、とても助かるわ」

「あんな若造から聞ける情報くらい、私なら二時間で集めてみせるけど？」

背後から腕を巻き付けてくるアドルフを、マリアは平然と無視する。

「それよりフローラ様、どうやらクレメンス殿下とは、しばらく会えないそうです」

「そう、ね……」

その間は、黒の秘宝に関する情報集めに専念《せんねん》すればいい。

そう頭ではわかっているが、なぜか妙《みょう》にそわそわする。

口止めするほどの事情とは、一体なにがあったのだろう。それにフローラに迷惑をかけないように、という一言も気になる。

――またなにか、無理をしているんじゃ……。

そんな心配が頭を過《よぎ》って、慌てて首を横に振った。

フローラはあくまでも、黒の秘宝を奪うためにこの離宮にいる。クレメンスを案じ落ち着かない気分になるなんて、おかしい。

そう思うのに一向に落ち着かない心を、フローラは困惑《こんわく》顔で持てあました。

4

しばらくは王宮に戻る、と聞いていたクレメンスが離宮に顔を見せたのは、なんと花嫁選考会も半《なか》ばを過ぎた、六日後のことだった。

空が赤く染まる夕暮れ時、散策《さんさく》を装い、マリアと一緒に前庭からの逃走《とうそう》経路を確認していたフローラは、ヘルシャー王家の紋章《もんしょう》が入った馬車が現れるのを、目撃《もくげき》する。

今いる場所は丁度前庭に注ぐ水を流すため、少し高くなっているから、大人の背の高さほどもある茂《しげ》みに囲まれていても、見晴らしは悪くない。

茂みの隙間《すきま》からそっと馬車を見つめていると、いつものように飾《かざ》り気《け》のない上着を身につけたクレメンスが降りてきた。

久しぶりに見るその姿に、なぜか息をするのも忘れて、身を乗り出してしまう。

「……疲れた顔を、しているみたい」

目をこらしながら、フローラは柳眉《りゅうび》を寄せて呟《つぶや》いた。

最後に見た時よりも、今のクレメンスは頬《ほお》が少しこけているような気がする。

もちろん遠目だから、見間違《みまちが》いかもしれない。そう思うのに、不安が強くなる。

やっぱりなにかあったのでは、とやきもきしていると、マリアが隣にきた。

「まあ、お戻りになられたのですね」

マリアは逃走経路を記した地図をたたんでポケットにしまい、話しかけてくる。

「ずいぶん、心配そうな顔ですね？」

「これは……」

「いいんです、無理に否定《ひてい》なさらなくて。気になるのでしたら、ご挨拶《あいさつ》に……」

笑顔で言いかけたマリアが、茂みの向こうを見て、続く言葉を飲み込んだ。

フローラは一瞬マリアに向けていた目を急ぎクレメンスへ戻し、目を丸くする。

クレメンスが降りてきたばかりの馬車から、もう一人、誰かが姿を現した。

真《ま》っ赤《か》なドレスが、遠目にもやけに鮮《あざ》やかに飛び込んでくる。

多分、見たことのない女性だ。黒い髪を結《ゆ》い上げ、先に降りたクレメンスに甘える
ように駆《か》け寄って、腕をからめている。

凍《こお》り付いたように、フローラはその光景を見つめた。

よりそうように立つ二人の姿を見ていると、なぜか指先から力が抜けていく。

「フローラ様」

マリアが、そっと肩に触《ふ》れてきた。

だが、フローラは並んで離宮《りきゅう》へと入っていく二人を見たまま、返事もできない。
――あの人は、誰？
ざわざわと風に揺《ゆ》れる茂みと同じくらい、フローラの心も騒《さわ》がしくなる。
「フローラ様、参りましょう」
もう一度、マリアが先ほどよりも強い口調《くちょう》で、声をかけてきた。
はっと我に返り、詰《つ》めていた息を吐《は》き出す。
すでに、クレメンスとあの女性の姿は離宮の中に消えていた。
先ほどまで動けなかった身体《からだ》も、ぎこちなくだが動き始める。
首をめぐらせマリアを見れば、心配そうに自分を見つめる茶色い目がそこにあった。
「ひとまず、部屋に戻りましょう」
そう言って歩き出すマリアに手を引かれ、のろのろとした動作で頷《うなず》く。
もうすっかり慣れ親しんだ道順を通り、中庭を横に見て自室の前に着いた。
ただ歩く時の感じが、妙にふわふわするというか、なんだかいつもと違《ちが》う。
――どうしたんだろう？
ぼんやりしがちな思考と合わせ、風邪《かぜ》だろうか、と首を傾《かし》げた。
部屋に戻ってからも、フローラの頭には先ほど見た映像が繰《く》り返し流れる。

ハイモはおじが連れ出していないのに、空の鳥かごをぼうっと見つめた。

顔色が悪いと思ったクレメンスは、あの女性といるといつも通りしゃんとしていた気がする。見間違い、だったのか……あの女性がそばにいるから、だったのか。

背筋を伸ばし、颯爽《さっそう》と女性と一緒《いっしょ》に王宮へ入る姿を思い出す。

すると胸の奥から、もやっとしたものと鈍《にぶ》い痛みが、広がっていった。

慌てて首を横にふって、初めて感じる不快な気分を追い払《はら》おうとするが、出来ない。

気を紛《まぎ》らわそうと、チェストに間《ま》取り図を広げて眺《なが》める。

マリアはなにか話しかけたそうな顔で隣に立ち、フローラの肩に触れようとした。

しかしそこで、勢いのないノックとともに、ブルーノの声が聞こえてくる。

フローラが慌てて離宮の間取り図をしまっている間に、マリアが扉を開けて、少し暗い表情で廊下《ろうか》に立っていた気のよい青年に、柔《やわ》らかな声でたずねた。

「今日は一体、どうなさったんです？」

「ええと、実はその、大変言いにくいお知らせがありまして」

「最近はそういう困った顔をしなければいけない報告、ばかりなんですね」

マリアがため息混じりにそう言って肩をおとすと、ブルーノも眉尻《まゆじり》を下げる。

「すいません、俺も本当はめでたい話をしたいところなんですけど」

フローラはおずおずと、地味姫《じみひめ》らしい足取りでブルーノとマリアの元に向かった。

「も、もしかして……クレメンス様に、なにか？」

ブルーノはフローラの問いに、慌てたように手をあわあわと振ってみせる。

「あ、いえ、そういうわけじゃ……ない？」

「なぜ疑問形なんです？　私に聞かれても、わかりかねますよ」

マリアはそう言った後で、ブルーノに探《さぐ》るような目を向けた。

「嫌《いや》な用件ならなおさら早めに終わらせた方が、楽になれますよ」

「んー、確かにそうっすね」

迷いをふりきるように背筋を伸ばし、ブルーノがフローラに言ってくる。

「突然ですが……離宮にもう一人、新たな花嫁候補者が加わることになりました」

フローラとマリアは顔を見合わせた。

それはおそらく、先ほど見たあの赤いドレスの女性のことだろう。

フローラの予感を肯定《こうてい》するように、ブルーノは続けた。

「先ほど到着して、今頃はお部屋でゆっくりお休みのはずです。あ、部屋はこの離れではなく、本棟《とう》です。こちらに暮らす方々は、顔を合わせることもないと思います」

「顔を合わせないって……花嫁候補なのに、ですか？」

選考会は終わっていないのだから、少なくとも乗馬会とお茶会では、顔を合わせて話す機会もあるはずである。

しかしブルーノは、人のよさそうな顔に苦い笑みを浮《う》かべ、首を横にふる。

「あの人は、ちょっと特別なんで」

その言葉を聞いて、もやっとした感覚が腹の奥に生まれた。

──特別？

それはまた、一体どういうことだろう。

確かに、途中から参加という時点でかなり特別だろうが、そういうことだけでは、ないような気がする。

そもそも、離れにだってまだ空き室はあるのだ。

「どうして、お一人だけ本棟に……？」

思わずこぼれた素朴《そぼく》な疑問に、ブルーノは歯切れの悪い口調で答える。

「いや、まあ……クレメンス様が自分の目の届く範囲《はんい》に置くって、言うもんで」

「……目の、届く範囲？」

「ええ、もうなんせ狼《おおかみ》の檻《おり》で寝る覚悟《かくご》も固めちゃってて」

なにやらブルーノはしきりに感心しているが、意味がわからない。

ただ、聞けば聞くほどもやもやした重苦しいものが、自分の中でふくれていく。

クレメンスの部屋は本棟にあって、目の届く範囲に置きたいというあの女性にも、特別に本棟の部屋が割り振《ふ》られた。

つまりクレメンスとその女性は……片時《かたとき》も離れたくない仲、なのかもしれない。

ざわざわと、さきほどまでにも増して心の奥が音を立てて波立つのがわかった。

別に、クレメンスが誰といようが、フローラには関係ない。

むしろ、他の女性と親密《しんみつ》になれば、フローラに構うこともなくなるだろう。

そうなれば、怪盗《かいとう》シュバルツとして動きやすいし、お役目だってはかどるはずだ。

――そう、私はあくまでも、お役目のためにここに潜入《せんにゅう》しているだけなんだもの。

こんなもやもやした気分で、クレメンスとあの女性のことを考える暇《ひま》はない。

ぎゅっと両手を胸の前で握《にぎ》り合わせたフローラを見て、マリアが言ってきた。

「フローラ様、よろしければ様子を見に行かれてはどうでしょう？」

「え？」

思わぬ言葉に驚《おどろ》いたのは、フローラばかりではない。

「マリアさん、まずいですよ。あの、俺がクレメンス様に怒《おこ》られますからっ！」

ブルーノは心なしか青い顔で、マリアに向かって両手を合わせる。

「だめ、本当に無理っ！」

「こっそりのぞき見るだけ、でいいんです。実は、さっき遠目に見てしまって……」

気になって仕方ないらしい、とのマリアの言葉に、ぎくりとした。

だがすぐに、自分に言い聞かせるように考える。

――な、なにを慌《あわ》てているのよ……新しい関係者は注視《ちゅうし》すべきじゃない。

あの女性が離宮に暮らすことになるのなら、お役目の障害《しょうがい》になる相手かどうか……色々と調べるのは、フローラの仕事だ。

様子を見に行ってきたら、と提案するマリアの言葉だって、当然のものである。

顔色をうかがうマリアにフローラがこくりと頷けば、彼女はさらに続けた。

「ブルーノ様の案内で本棟にお邪魔《じゃま》して、陰《かげ》からこっそりと、お相手の顔を拝見《はいけん》するだけでしたら……お許し頂けませんか？」

「ええと、でもですねぇ……」

「お願いします」

この通り、と両手を合わせたマリアを見て、ブルーノは……折れる。

「その代わり、こっそりと陰からですからねっ！　あと、マリアさんは目立つんで、姫君だけなら……俺がご案内させて頂きます」

降参《こうさん》だとばかりに両手を上に上げたブルーノが、小さな声で言いそえた。

「……まあうちの主《あるじ》も、変な誤解されたかないでしょうしねぇ」

上げていた手を下ろしたブルーノに、マリアが珍《めずら》しい満面の笑みを向ける。

「本当に、ありがとうございます。ブルーノ様がいてくださって、本当によかったわ。フローラ様のことを、よろしくお願いします」

「ま、任せてくださいっ！」

力強く胸を叩《たた》いたブルーノとフローラは、マリアに見送られ、静かに部屋を出た。

回廊《かいろう》を抜《ぬ》け、本棟の階段を上っている時、ブルーノが硬い空気をまとうフローラの気を紛らわすためか、小さい声で聞いてくる。

「ところで、姫君。マリアさんって、恋人とかいます？」

フローラは曖昧《あいまい》な笑みを浮かべて、足下に目を落とした。

「……さあ、どうかしら」

「その返事ってことは、人妻や婚約者持ちじゃないんですよね」

ならいいんです、と呟《つぶや》くのを聞いて、ちょっと焦《あせ》る。

「あの……確かにマリアには、夫も婚約者もいないですが……」

微妙《びみょう》な関係の自称《じしょう》大親友の幼《おさな》なじみはいるんですよ、とはさすがに言えなかった。

——そ、そもそもあの二人が本当はどんな関係か、私も知らないし。

仲がいいのは確かだが、そのわりに二人の間には、不思議《ふしぎ》な線引きも感じていた。

考え込むフローラを見て、ブルーノは気のいい笑顔で言ってくる。

「はは、もしかして俺が軽そうに見えるから、心配してます？　大丈夫《だいじょうぶ》、こう見えて俺はかなり一途《いちず》なんですから。年下の男だって、悪くないと思うんですけど」

どうですかね、とわりと真剣《しんけん》にたずねられ、なんと言っていいか迷った。

そういう分野の話は、元々苦手なのに……。

唇を引き結びながらも階段を進んでいくうち、ふっとブルーノが立ち止まる。

「姫君、ここからはお互《たが》い、おしゃべりはなしで」

しーっと、人差し指を唇に当ててみせるブルーノに、無言で頷《うなず》いた。

そして、ブルーノと二人で足音を忍《しの》ばせ、目的の階まで急ぐ。

階段を上り切って、白い壁《かべ》に手をつき、首から上だけをのぞかせ廊下を確認した。

すると階段から三つほど扉《とびら》を過ぎた場所に、クレメンスの姿があった。

久しぶりに見るその顔は、薄暗い廊下の明かりのせいか、やけに青白い。

やっぱり、疲れているのだろうか。

心配してつい身を乗り出そうとしたフローラの肩を、ブルーノがそっと押さえる。

小さく頷いてみせてから、フローラは少しだけ身体《からだ》を戻《もど》し、慎重《しんちょう》に目をこらす。

青い廊下の絨毯《じゅうたん》を踏《ふ》みしめて立つのは、クレメンスの他《ほか》に、もう一人。

マリアと一緒に見た、あの赤いドレスの女性だ。

先ほどより距離が近いから、艶《あで》やかな化粧《けしょう》を施《ほどこ》した華《はな》やかな顔立ちも、大胆《だいたん》に開き白い肌がのぞく襟元《えりもと》や背中も、しっかりと見える。

女性はさっき見た時と同じく、クレメンスの腕に甘えるように抱《だ》きついていた。

「お忙《いそが》しい中いつも部屋まで送ってくださるなんて、殿下《でんか》って優しいのですね」

嬉《うれ》しい、と吐息《といき》混じりに囁《ささや》くその姿は、同性のフローラが見てもどきっとする。

うるんだ目も、赤く染まった頬《ほお》も、フローラには持ち得ない色気《いろけ》に満ちていた。

——あの方が、新しい花嫁候補……。

二人がいる扉が、あの女性の部屋らしい。

確かあそこは……クレメンスの部屋の、真下だ。

「よろしければ、お茶でも……」

そう言って誘《さそ》いをかける女性に、クレメンスが丁重《ていちょう》な態度で首を横にふる。

「申し訳ありません。今夜はまだ、仕事が残っていますので」

「そんなこと、おっしゃらないで。来たばかりで一人は、寂《さび》しいのです」

甘えるようにクレメンスの腕に頭を預ける女性を見て、胸が苦しくなってきた。

離れていても、女性のつけている刺激《しげき》的な香水の香りがただよってくる。

きっとあんなに密着したら、クレメンスからいつも香る、甘い匂《にお》いもかき消されてしまっているだろう。

クレメンスの腕を締《し》め上げるように胸に抱いて、女性はさらにねだった。

「クレメンス様がご一緒《いっしょ》してくださらないのでしたら、せめて他の花嫁候補の皆様《みなさま》を、紹介《しょうかい》して頂けませんか？」

どきっと、フローラの心臓が音を立てる。

だが女性の言葉に対して、クレメンスが間髪《かんはつ》を容《い》れずに答えた。

「他の女性のことは、詮索《せんさく》無用です。貴方《あなた》は彼女達とは違《ちが》いますから」

貴方は彼女達とは違う……。

その言葉が、やけに頭の中にこびりついた。

クレメンスは不満そうな女性の肩を、あの大きな手で包み込む。

「さあ、中へどうぞ」

手ずから扉を引き開けて、女性を部屋の中へと誘《いざな》う姿は、実に手慣れていた。

気障《きざ》な仕草に背筋がむずがゆくなるより、今はなぜか胸がずきずき痛む。

なぜだろう、と胸を押さえながら、クレメンスの横顔をじっと見つめた。
「では、これで」
そう言って扉を閉めようとした時。
クレメンスの首に、細い両手がするりと回るのが見える。
「それではせめて、お休みの挨拶《あいさつ》を」
女性が背伸びをして、クレメンスに顔を寄せた。
二人の顔が重なりかけた時――フローラはたまらず、ぱっとその場から駆《か》け出す。
「ちょっ！」
引き留めようとするブルーノの声が聞こえたが、足が止まらない。
先ほど上ってきた階段を、地味姫《じみひめ》の演技も忘れて、無我夢中で駆け下りた。
頭の中で、先ほど見た二人の姿が何度も再現される。
『他の女性のことは、詮索無用です。貴方は彼女達とは違います』
――あの言葉は、どういう意味なの？
息が切れるのも構わず、フローラは足を止めることなくもっと遠くへと走る。
あの人が、クレメンスの本命？　では、フローラへの今までの扱《あつか》いは？
乱れる心をもてあまし……フローラは夜の廊下《ろうか》を飛ぶように駆け続けた。

第四章　姫怪盗は恋に惑《まど》う

1

どうやって部屋に戻ったのかは、覚えていない。

気づくと驚いた顔のマリアが立っていて、慌ててフローラを中に迎《むか》え入れてくれた。

それから蒸《む》しタオルで顔を拭《ふ》いて、寝間着《ねまき》に着替えさせられたが……結局、一睡《いっすい》も出来ないまま朝を迎えてしまう。

目を閉じると、クレメンスとあの女性の姿が浮《う》かんできた。

仲よく絡《から》められた腕と、重なりかけた二人の顔が、ぐるぐると頭の中を回る。

ベッドの上で丸くなって、フローラはざわつく胸を両手で押さえた。

「なんでこんなに、あの人のことばっかり考えなきゃいけないの？」

こんな風になるなんて、絶対におかしい。

フローラにとって一番大事なのは、怪盗シュバルツとしての使命である。

黒の秘宝のこと、どうやってそれを盗《ぬす》み出すかという手はず、そして必要な準備とどの経路で逃げるのか……悩むべきことは他にたくさんあるのだ。

そう自分に言い聞かせ、必死に違《ねが》うことを考えようとするが、うまくいかない。

もう何十回目かわからない寝返《ねがえ》りを打った時、フローラはふと窓辺を見た。

ぴたりと閉ざされたカーテンの向こうから、こんこんこん、と窓を叩かれる。

寝間着の上にショールを羽織《はお》り、そっとカーテンをめくれば——アドルフがいた。

「おじ様……」

「やあ、フローラ。おはよう」

いつもと同じように、庭師《にわし》の格好をしたアドルフが、ひょいと片手を上げる。

慌てて窓を開けて、周りに人がいないのを確認し、おじを中に引き入れた。

するりと部屋に入ってきたアドルフは、開口一番たずねてくる。

「マリアは？」

「続きの間、多分まだ寝ていると思うけど……」

全部言い切る前に、おじの姿がかき消えた。

まるで風のようとは、彼のためにある言葉だろう。

開いたままの寝室の扉を見つめてぽかんとしていると、どんっ、と鈍《にぶ》い音が響《ひび》く。

慌てて部屋を出たフローラは、思わず額《ひたい》を押さえて近くのチェストに手をついた。

さっき風のように駆け去ったアドルフは、談話室の床《ゆか》で仰向《あおむ》けに倒れこんでいる。

ちょうど、談話室とマリアの寝起《ねお》きする侍女《じじょ》用の部屋を結ぶ、扉の前だ。

「おじ様、一体なにをしたの？」

「いや、マリアはまだ寝ているというから、久しぶりにそい寝《ね》でもと思ったら、投げ飛ばされてしまってね」

マリアの部屋は、侍女用だから狭《せま》い。

狭いが、ベッドから扉の外まで飛ばすのには……かなりの勢いが必要なはずだ。

ぱちぱちと目を瞬《また》かせ、フローラは困惑《こんわく》顔でアドルフを見つめる。

アドルフは起き上がると、じゅうたんの上にあぐらをかいて座り込んだ。

「マリアは、照れ屋だからなぁ」

投げ飛ばされたからなのか髪が乱れ、微笑《ほほえ》むおじの顔は珍しく露《あら》わになっている。

久しぶりに見る素顔《すがお》は、やはりさすがグラナートの人間だけあって秀麗《しゅうれい》だ。

こんな時であっても観賞《かんしょう》にたえうる顔というのは、ある意味希少《きしょう》である。

「相変わらず、マリアの防御《ぼうぎょ》は鉄壁《てっぺき》だな」

嬉しそうに声を弾《はず》ませたアドルフに、フローラは戸惑《とまど》いに満ちた声でたずねた。

「そこは喜ぶところなのかしら？」

「喜ぶところさ。少なくとも、他の男に寝込みを襲《おそ》われる心配をしなくてすむ」

真面目《まじめ》な顔でそう言われ、アドルフの初めて見る鋭《するど》い眼差《まなざ》しに、どきりとする。怪盗《かいとう》シュバルツとして振《ふ》る舞《ま》う時とはまた別の、秘めた熱を感じさせる目だ。

その眼差しの強さが気になって、フローラはおずおずとたずねる。

「おじ様は、マリアが他の男性と一緒にいると……嫌《いや》？」

「嫌、じゃないいな」

間髪を容れずにそう言ってから、アドルフはフローラの目を見てさらに続けた。

「胸が痛くて死にそうなほど苦しいあの感じは、嫌とかそういう次元じゃないんだ」

フローラはぎゅっと両手を握《にぎ》って、おじのすぐ隣に座り込む。

「どうして、胸が痛くなるの。どうすれば……このもやもやした気分が晴れるの？」

膝《ひざ》を抱《かか》えてそう呟《つぶや》くフローラを、アドルフは苦い笑みを浮かべて見てきた。

「さあ、その答えは私も知りたいな……常に穏《おだ》やかにいられたら、どんなに幸せか」

辛《つら》いんだね、という問いかけに……悩んだ末に、小さく頷く。

するとアドルフは、フローラの頭に手を伸ばしてなでてきた。

「フローラも、こんな気持ちを味わう年になるとは。相手は、やっぱり彼かい？」

優しく問われて、躊躇《ためら》いながらも素直に認める。

「うん」

「そうか。なぜそんな気持ちになるかは、わかる？」

「……正直、よくわからないの」

「なるほど、それは少し厄介《やっかい》だな。だが初めはみんな、そんなものだよ」

くすくすと笑って身を起こしたおじが、フローラの泣きそうな顔をつついてくる。

「胸が痛いなら、がまんせず痛いと認めてしまいなさい。痛いのに平気なふりをしてやり過ごすのは、思い切り痛みに転げ回って大人《おとな》になった後でも、遅《おそ》くない」

「でも……」

「人生の先輩《せんぱい》からの助言だ。自分の感情に戸惑うことはあっても、それを押し殺してばかりでは、心が死んでしまうからね。君はまだ、若いんだ」

未知の感情に悩むのは悪いことではないと、アドルフは柔《やわ》らかな声で言ってきた。

もしかしたらフローラ自身より、乱れた心の状況を把握《はあく》しているような……とても優しい眼差しを向けられ、小さな声で聞いてみる。

「おじ様も、今の私のように戸惑ったことがある？」

「あるどころか、現在進行形で自分の感情を持てあましてばかりだよ」

自嘲《じちょう》的にそう呟くと同時に、アドルフが音もなく立ち上がった。

その直後、扉《とびら》が開いてマリアが出てくる。

するとアドルフの表情は一変し、ぱあっと輝くような笑みがその顔に浮かんだ。

「やあマリア、相変わらず身支度《みじたく》の速さは、大工の親方《おやかた》なみだね！」

褒《ほ》め言葉なのかよくわからない台詞《せりふ》を言うアドルフを、マリアは冷たく見つめる。

「気の利《き》いた切り返しをしたいけど、貴方を一体なににたとえればいいのかしら」

「君の好きなものなら、なんでもいいな。花でも、色でも、香水でも」

ふっと甘い笑みを浮かべる姿は、姪《めい》の目から見ても息をのむほど美麗《びれい》だ。

しかしマリアは、そんなおじの言葉を、ふん、と鼻で笑ってすませる。

「あなたみたいに無断で人の寝床《ねどこ》に潜《もぐ》り込む、破廉恥《はれんち》でフローラ様の教育に悪い人を、花にたとえたら花に失礼よ。なんで毎回、同じことを繰《く》り返して懲《こ》りないのかしら」

するとアドルフは、輝く金の髪をさらりと肩から滑《すべ》らせ、小首を傾《かし》げた。

「君こそ、せめて一回くらい流されてごらんよ。君の人生を変えてみせる」

「今の人生にすごく満足してるから、全力で遠慮《えんりょ》しておくわ」

そのやり取りをいつもとは違い、熱心に見つめていると……マリアが心配そうに、フローラに聞いてくる。

「あの、フローラ様。お顔の色が優《すぐ》れないようですが、どうかなさいましたか？」

「少し……考えごとをしていて寝そびれてしまったの」

アドルフは一度フローラの前に戻《もど》ってくると、ぽんぽん、と頭を軽く叩《たた》いてきた。

「大丈夫だよ。質問があるならさっきのように答えるから、一人で悩めるところまで悩んでごらん。お役目とは別に、それも君にとっては大事なことだからね」

「……はい」

アドルフはフローラが頷《うなず》くのを見て、やり取りを見守っていたマリアに向き直る。

「そんなもの言いたげな目で見なくても、マリアの場合は、悩む前に相談してくれて構わないよ。君のことなら、なんでも受け止めるから」

「……じゃあ、いつまでも幼《おさな》なじみ離《ばな》れしない年上の知人について、相談したいわ」

「残念だな、その相談についてはもう二十年前に締《し》め切ってしまった」

ひょいと肩をすくめたアドルフが、少し笑顔を取り戻したフローラの肩を押《お》して、長椅子《ながいす》へ座るよう促《うなが》してくる。

配置は相変わらずで、フローラの向かいに、マリアとアドルフが並んでいた。

今さらだが、フローラはある事実に気づく。

アドルフがいる時は、マリアの隣に他の人が座っている光景を、見たことがない。

フローラですら、さり気なく違《ちが》う場所に誘導《ゆうどう》される。

――そうしないと、おじ様は胸が苦しくなるのかしら。

クレメンスとあの女性が一緒《いっしょ》にいるのを見た、フローラのように？

確かめるようにアドルフを見ると、困ったような顔で頷かれる。

相手が君でもだめなんだ、と口の動きだけで告げるアドルフに、フローラは驚《おどろ》きの目を向けながらも、少しだけほっとした。

わけのわからない感情に悩むのは、自分だけではない。

そのことに、少しだけ表情が明るくなる。

フローラが落ち着いたのに気づくと、アドルフはようやく本題を切り出してきた。

「さて、まず確認したいのだけれど、この離宮《りきゅう》に一体なにがあったんだい？」

マリアは小首を傾げて隣のアドルフを見つめる。

「そう聞くってことは、なにか気になることでも？」

「昨日の夜から、この離れの周りだけやけに警備が厳しくなっているんだ」

それは、気がつかなかった。フローラは表情を硬《かた》くして、アドルフにたずねた。

「それは、離れの周りだけなの？」

「そうだよ。騎士《きし》の全体数は変わらないけど、配置がずいぶん変わっている。昨日の朝から夜にかけて、一気に態勢を変えるなんて、中々優秀《ゆうしゅう》な指揮官がいるようだ」

その言葉を聞いて頭に浮《う》かんだのは、やはりクレメンスの顔である。

離宮の雑事をこなすのはブルーノだが、彼に指示を出すのはクレメンスだ。

王宮にいたらしいのに、離宮の警備の再編までこなすなんて……。

ちらりと、遠目に見た疲れたようなクレメンスの姿が頭を過る。

だがそこで、アドルフがのんびりした声で言ってきた。

「あまりにも離れの周りだけ警備が固いものだから、もしかしたら花嫁が決まって、早々に黒の秘宝を贈ることになったのかと思って、少し焦《あせ》ってしまったよ」

「花嫁が、決まって……」

フローラは、再び強《こわ》ばった顔で膝の上の手を握り合わせる。

やはり、そうなのだろうか。彼女を迎《むか》えるために、警備を整えたのなら……。

彼女達とは違う、と言ったクレメンスの言葉の意味も、おのずと見えてくる。

「おじ様、花嫁でしたら、すでに決まっています」

フローラは、乱れる鼓動《こどう》に胸を押さえながらも、アドルフに報告した。

「昨日、クレメンス様は王宮からある女性を、離宮に招かれました。おそらく彼女がクレメンス様にとっての……特別な、女性です」

「……どうしてそう思うんだい？」

静かにたずねられ、フローラは声が震《ふる》えそうになるのをこらえながら、答える。

「クレメンス様自身が、貴方《あなた》は他の女性達とは違うと言っていらっしゃいました。それにこの目で……」

女性がクレメンスに抱《だ》きつき、口づけようとするのを見た、と言おうとしたのに、言葉が喉《のど》につかえて出てこない。

切なげにまつげを震わせたフローラを見て、アドルフが困った顔で腕を組む。

「なるほどね、だがそれはあくまでも君の見解だな。昨日の今日で、その女性こそが真の花嫁候補だと決めつけるのは、あまりにも早計《そうけい》すぎる」

「で、でも……っ！」

反論しようとしたフローラを手で制し、アドルフは苦笑《くしょう》しながら続けた。

「人の心は読めないものさ。相手の気持ちを確認せずにいると、後で泣くはめになる。関係者のことをきちんと把握《はあく》して、万が一にも善良な誰かが傷つかないよう配慮《はいりょ》することだって、怪盗シュバルツの務めなんだから……中途半端《ちゅうとはんぱ》は、だめだよ」

フローラ、と低い声で名を呼ばれ、戸惑いながらも居住《いず》まいを正す。

するとアドルフは、片目をぱちりと閉じて言ってきた。

「もうちょっと、嫡子殿《ちゃくしどの》の内面に踏《ふ》み込んでみるといい。黒の秘宝の持ち主の願いや目的を探《さぐ》るのは、怪盗シュバルツの基本だということを、忘れないように」

まだ君の知らない秘密があると思うよ、と言われ、フローラは唇を噛《か》みしめる。

──クレメンス様の、秘密……。

知らなければいけないのに、知るのが怖《こわ》い。

だがフローラは……見習いとはいえ、怪盗シュバルツなのだ。

見たくないから見ない、なんて許されるわけがない。

いつの間にか、窓の外は明るくなり始め、時計は四時を回っている。

まだ早い時間だが、人の少ない時間だからこっそり本棟《とう》へ行くのには丁度いい。

迷いを吹っ切るように、フローラはすっくと立ち上がった。

「わかったわ、おじ様。私は……もう一度、自分の目で確かめてくる」

クレメンスの様子と、あの女性との関係を、きちんと確かめに行く。

そう告げたフローラに、アドルフが頷くと、マリアが立ち上がった。

「では、変装用の衣装をご準備します。私のものなので、少し大きいですが」

そう言って、部屋の隅《すみ》に置かれたチェストに歩み寄り、マリアは一番下の引き出しから、黒いドレスと白いエプロンのひとそろいを取り出す。

どう見てもそれは、離宮の下働きの娘《むすめ》達が着ている制服だった。

フローラは驚きに目をみはって、マリアにたずねる。

「どうやって手に入れたの？」

王宮や離宮関係者の制服は、刺客《しかく》などが変装し紛《まぎ》れ込まないよう、厳重《げんじゅう》に管理されているということは、調査済みだ。

マリアは制服をフローラにわたしながら、さらりと答える。

「少し調べたいことがあったので知人に頼んだら、快《こころよ》く用意してくれました」

「まさか、ブルーノさん？」

つい声に出してたずねてから、しまった、と口を押さえてアドルフを見た。

案の定、アドルフは美しい顔に不穏《ふおん》な影《かげ》を浮かべ、マリアをにらんでいる。

「ブルーノって、この前のあの男だよね。なんで君の服を彼が用意するんだい？」

マリアは詰《つ》め寄るアドルフを手で押しとどめて、まずフローラに告げてきた。

「寝室で着替えていてください。後で髪を結《ゆ》いに行きますから」

うん、と頷いて寝室に移動し、談話室の声は聞かないようにして手早く着替える。

しばらくして現れたマリアに、髪をお団子に結ってもらった。そして、マリアの部屋にある小さな使用人用通路の入り口へと歩み寄る。

いってらっしゃい、と見送るマリアに頷いて、フローラは小さな扉《とびら》をくぐった。

2

使用人用通路は細く狭《せま》い上に、掃除で使う排水溝《はいすいこう》なども通っていた。

ちょっと暗くてかび臭《くさ》いけれど、こっそり隠《かく》れて移動したい時は実に便利だ。

なにせ、普段は顔を合わせる他《ほか》の花嫁候補やクレメンスとは、絶対に会わない。

ただし困るのは、他の使用人――特に上の役職の者に声をかけられた時だ。

離宮から本棟へと繋《つな》がる通路の前で、フローラは年配の従僕《じゅうぼく》に呼び止められる。

「見かけない顔だな。まだ掃除の時間には早いはずだが、なにをしている？」

フローラは慌《あわ》てて頭を下げながら、か細い声で答えた。

「すみません……まだ入ったばかりなので、今のうちに通路の確認をしておけと」

いかにも世慣《よな》れない、おどおどとした演技は、得意中の得意である。

おかげで従僕も、フローラを田舎《いなか》から出てきたばかりの新人だと信じたらしい。

厳《いか》めしい顔で頷いて、忠告までしてくれる。

「なるほど。この離宮は特に面倒だから、気をつけるんだな。扉を開け間違《まちが》うとすぐ表の廊下《ろうか》に出てしまう。くれぐれも、そういうことのないように」

はい、と従順に頷《うなず》いて歩み去ろうとするが、思い出したように言われた。

「わかっているとは思うが、殿下《でんか》の部屋の近くは静かに移動しなさい。あの方は夜も寝ないで仕事をなさっているんだ。邪魔《じゃま》にならないよう、足音は歯車以下で頼むよ」

気をつけるように、と念を押した従僕は、あくびをしながらどこかへ向かう。

フローラは細くて狭い使用人用の階段を上りながら、つい顔をしかめた。

「夜も寝ないで仕事……」

やっぱり、無理をしているらしい。

従僕からあんな風に気づかわれるなんて、よほどのことである。

そういえば昨日も、あの女性に誘《さそ》われて断る時に『仕事がある』と言っていた。

「仕事仕事って、真面目《まじめ》なのはいいけれど、少しは自分の身体《からだ》も考えないと……」

もしあの女性が妻になれば、無理をするクレメンスをなだめ、労《ねぎら》い癒《い》やすのだろう。

その光景を思い描《えが》こうとしただけで、焼け付くように胸が痛む。

フローラは頭を振《ふ》って、自分の乱れた心を落ち着けた。

——今の私は、怪盗《かいとう》シュバルツなんだから……冷静に、するべきことをしないと。

彼がなにを望んで黒の秘宝を手に入れ、どうしたいのか調べるのが仕事だ。

階段をどんどん上にのぼって、ついにクレメンスの部屋がある階に着く。

だが、記憶を頼《たよ》りにクレメンスの部屋を探し、ある扉の前を通りかかった時。
「くっ！」
くぐもった男の声が響《ひび》いた後に、どさっ、となにかが倒れる音が聞こえてきた。
さらに続いて、どたばたと慌ただしい足音も聞こえる。
慌てて扉に手をかけてそっと中をのぞいたフローラは、次の瞬間青ざめた。
まず目に映ったのは、散乱する書類と倒れ込んだ男達。
そしてまだ暴れる別の男を執務《しつむ》机に押しつけている、クレメンスの姿だ。
──どういうこと!?
驚《おどろ》きに一瞬《いっしゅん》止まっていたフローラの目の端《はし》で、ふとなにかが動く。
長椅子《ながいす》とテーブルの合間《あいま》で、わずかに身じろぎする者がいた。
長椅子の背もたれが邪魔だが、辛《かろ》うじて動きぐらいはわかる。
床《ゆか》に倒れている男は、密《ひそ》かに身を起こしクレメンスの背後で袖《そで》からなにかを……。
「クレメンス様っ！」
叫《さけ》ぶと同時にぱっと扉を開けて、フローラは部屋の中に飛び込む。
床の男の手に握《にぎ》られたナイフが鋭《するど》く光るのが見えた。
迷わず床を蹴《け》って長椅子の背を越《こ》え、身を起こそうとしていた男の前に下りる。

そして相手が驚き動きが止まっている隙《すき》を逃《のが》さず、革靴《かわぐつ》の踵《かかと》でナイフを持った手を勢いよく踏みつけ、逆の腕をひねり上げた。

「ぐあっ！」

抵抗《ていこう》されないよう相手の肩を膝《ひざ》で押さえながら、気道を絞《し》め、一気に落とす。

かくん、と動かなくなるのを待って手を放したフローラの耳に、掠《かす》れた声が届いた。

「フローラ……？」

片膝をついた姿勢から顔を上げれば、クレメンスが目を丸くして自分を見ている。

フローラは今さらながら、自分の一連の行動を振り返り、青ざめた。

——しまった……っ！

とっさに身体が動いてしまったが、今のは姫君がしていい動きではない。

慌てて立ち上がり壁《かべ》の方を向いて、クレメンスの視線から逃れようとする。

だが、そんなことでなんになるだろう。

どうしていいか、この場をどう切《き》り抜《ぬ》ければいいか、わからぬままエプロンを強く握りしめた。騒《さわ》ぎを聞きつけ、間もなく廊下から複数の人が駆《か》け込んでくる。

「いかがなさいました!?」

うつむきながらもちらりと視線をやり、それが衛士《えじ》と従僕であると確認した。

クレメンスが何事もなかったかのように静かな声で、彼らに告げる。

「不審者《ふしん》だ。おそらく、夜のうちに紛れ込んだのだろう。すまないが、今すぐ彼らを連れていってもらえるかな？」

その言葉に衛士がはっ、と頷いて、意識を失っている男達へと駆け寄った。

従僕達も恐《おそ》る恐るだがそれにならい、手分けして衛士を手伝い始める。

そんな中一人必死に気配《けはい》を消そうとしているフローラに、クレメンスが言った。

「それから……そこの君」

「は、はい……っ！」

びくっと肩を揺《ゆ》らしながらも、フローラは下働きの娘らしく素直に返事を返す。

するとクレメンスは、満面の笑みを浮《う》かべてフローラの元へ歩み寄ってきた。

「君は、ここに残るように。部屋の片付けを頼みたい」

「で、でも……」

逃げ道を探すように視線をさ迷わせたが、部屋から出ようとした壮年《そうねん》の侍従から、そうするように、と言われてしまう。

否《いや》、と言える立場ではない。なにせ、今のフローラは最下層の新参《しんざん》下働きだ。

わかりました、と震《ふる》える声で呟《つぶや》き、振り返る時は顔を隠して深々と頭を下げる。

「後のことは彼女に任せるから、しばらくここには誰も来ないように」

そう命じるクレメンスに頷いて、衛士と従僕《じゅうぼく》達はその場から立ち去った。

クレメンスは執務机のそばから離れて扉に歩み寄り、かちゃり、と鍵《かぎ》を閉める。

そしてうつむいたままのフローラの脇《わき》をすり抜けて、本棚《ほんだな》の陰にあった使用人用の小さな出入り口を閉ざした。ぱたん、という音がやけに大きく響く。

「さて、これで二人っきりだ」

そう言って、クレメンスが再びフローラの方へと歩み寄ってきた。

長椅子を回り込み、フローラのすぐ横に立って、肩に触《ふ》れてくる。

「顔を上げなさい」

促《うなが》されるまま、フローラは曲げていた腰を伸ばし、クレメンスを見た。

なんと言い訳すべきか、なにも思いつかない。

今はもう平静を取り繕《つくろ》うことも出来ず、フローラはぎゅっと唇を引き結んだ。

「無茶《むちゃ》をするな君は」

クレメンスがフローラの顔にかかっていた髪を払《はら》い、あらわになった目を、じっとのぞき込んでくる。焦《こ》げ茶色の目が宿す怜悧《れいり》な輝《かがや》きに、フローラの手が震えた。

するとそれに気づいたのか、クレメンスがそっとフローラの手を握ってくる。

「怪我《けが》は、していないね？」

予想外の問いに驚きながらも、小さく頷いた。

「……はい」

「よかった」

ほっとしたようにそう言って、クレメンスがフローラの手をそっと持ち上げる。

手の甲《こう》にそっと、柔《やわ》らかな唇が触れてきた。

「君に助けられるのは、二度目だな。ありがとう……それから、ごめん」

「え？」

なぜ、クレメンスが謝るのだろうか。

戸惑《とまど》うフローラに、クレメンスが切なげに顔を歪《ゆが》めて呟く。

「君のこの手に、あんな奴《やっ》らを触れさせたくなかった」

ごめん、ともう一度謝られた。

苦しげな目と思い詰めた表情を見たら、なにも言えない。

どうして嫡子《ちゃくし》の貴方《あなた》がこんな目に、と聞きたいが、今のクレメンスは全《すべ》ての問いを拒《こば》むかのような、張《は》り詰めた空気を放っていた。

フローラは開きかけた唇を閉ざし、もどかしい思いで握られている手へ目をやる。

そしてはっと目を見開き、震える声で呟いた。

「クレメンス様、怪我を……っ！」

クレメンスの上着からのぞく左袖が、赤く染まっている。返り血、ではない。

濃《こ》い茶色の上着だからわかりにくいが、どこを怪我したのだろう。

「今、お医者様を……っ！」

「待ちなさい」

使用人用の通路に向かおうとしたフローラの手を引いて、クレメンスが苦笑《くしょう》した。

「大事《おおごと》にはしたくないんだ。手当の道具なら、この部屋にもあるから大丈夫《だいじょうぶ》」

「でも……」

「いいんだよ」

頑《かたく》なな態度をとるクレメンスを見て、フローラの中にふつふつと怒《いか》りがこみ上げる。

「刺客《しかく》に襲《おそ》われて怪我をしたのよ？　それなのに、どうして平気なふりをするの！」

思わず、演技も忘れて声を荒《あら》らげてしまった。

慌てて空いている手で口元を隠したが、クレメンスは目を細めて言ってくる。

「どうか、そのままで。今さら地味姫《じみひめ》様を演じる方が、不自然だと思わないかい？」

確かに、先ほど動きを見られた以上、演技などなんの意味もない。

それに……クレメンスの嬉《うれ》しそうな顔を見たら、今さら戻《もど》すのも気が引けた。

――どうしてそんな顔をするのよ。

こんな時なのに、とろけそうな優しい笑顔を見せるなんて、ずるい。

でもその後ですぐに、クレメンスはきりりとした顔に戻った。フローラを見つめる目は、お互《たが》い詮索《せんさく》は無用だと暗に告げてくる。

この場で起きたことは互いに忘れて、水に流す……それが多分、一番いい。

でもフローラは、切なげに眉根《まゆね》を寄せ、クレメンスの左腕をじっと見つめる。赤い色が広がる様子はないが、濃い上着の色でどの程度の出血かを見極《みきわ》めるのが難しい。

張り詰《つ》めた空気に声を震わせながらも、クレメンスにたずねる。

「本当に、お医者様を呼ばなくて平気なの？」

「ああ、ただのかすり傷だ。なにも問題はないよ」

微笑《ほほえ》みさえ浮かべてそう言うクレメンスに、苛立《いらだ》つ。

「問題ないわけ、ないじゃないっ！」

きょとん、と首を傾《かし》げたクレメンスの肩を押し、強引《ごういん》に長椅子に座らせた。

そして、迷いを吹《ふ》っ切るように演技の欠片《かけら》もない態度でたずねる。

「手当の道具はどこ？」

「……そこのチェストの二段目だけれど」

待ってて、と告げてクレメンスが指さした壁際《かべぎわ》のチェストに歩み寄った。

その二段目を開ければ、予想した以上に大量の薬や包帯などが詰まっている。

――どう考えても、日常的に怪我をしている人間の救急セットね。

あまりにも充実《じゆうじつ》していて、クレメンスのこれまでの日々が心配になった。

怪盗《かいとう》としての仕事には危険もつきまとうから、ある程度の医療《いりよう》の知識はある。

化膿《かのう》止めと消毒薬、それから脱脂綿《だつしめん》と包帯と当て布を持って、長椅子に戻った。

道具を近くのテーブルに置いて、長椅子に片膝をつく。

そしてクレメンスの左隣に乗り上げ、彼の方を見て左腕をつかんだ。

傷口を傷つけぬよう、そっと袖をまくると……手首の少し上が斜《なな》めに切れている。

「よかった、もう血も止まりかけてる……」

毒物が刃《は》に塗《ぬ》られていた様子も、傷口の具合からしてなさそうだ。

ほっと肩の力を抜くフローラを見て、クレメンスが苦い笑みを浮かべる。

「だから問題ないって言っただろう。こんなのは、怪我のうちに入らないよ」

「その台詞《せりふ》は、紙で指を切った時くらいにして」

フローラは改めて、傷口の少し上までクレメンスの袖をまくり上げた。

そして脱脂綿を消毒液にひたして、丁寧《ていねい》に傷口の周辺をぬぐう。

化膿止めまでは、いらないはずだ。

ガーゼを当てて、包帯を少しだけきつめに巻いていく。

互いに無言だったが、ふと見たクレメンスの表情は驚《おどろ》くほど柔らかい。

嬉しそうな、くすぐったそうな……時々だけ見せる、無防備な笑みが浮かんでいた。

手当が終わると、クレメンスはフローラの手当した包帯に愛《いと》しげに触れる。

「もったいなくて、しばらく外せないいな」

「馬鹿《ばか》なこと言わないで」

「馬鹿なことじゃないさ。また怪我をしたら、君に頼んでもいいかい？」

朗《ほが》らかにたずねられたが、冗談《じょうだん》ではない。

「またなんて、簡単に口にしないで！」

語気も荒くそう告げたフローラは、クレメンスの襟元《えりもと》をぐっと握《にぎ》りしめる。

「どうして貴方は、自分が襲われたっていうのにそんな平気な顔をするの!?　他人の心配する前に、自分の怪我の心配をすべきじゃないのっ？　なんで一人で、仕事から離宮《りきゅう》の警備まで、全部背負い込もうとするのっ！」

ぽかん、とした顔をしているクレメンスに余計《よけい》腹が立った。

人が心配しているのに、どうしてこの男は他人事《ひとごと》のような顔をしているのだろう。

襲われて傷つけられて平気な人間なんて、いていいはずがない。

上着を握る手はそのままに、フローラはこつん、とクレメンスの胸に額を当てた。

確かな鼓動《こどう》が伝わってくる。彼は、無事だ。

でも、次はそうもいかないかもしれない。

そのことを、どうして怖《こわ》がってくれないのだろう。

「狙《ねら》われているなら、警備をつけて……お願いだから、自分をもっと大事にしてよ。せめて危ない時は……誰かに助けくらい求めて」

叫《さけ》べば駆《か》けつけてくれる距離に、衛士《えじ》はいた。

それなのに助けを求めず一人で戦うクレメンスに、強い不安と焦《あせ》りを覚える。

「もっと、周りを頼《たよ》ってよ」

たまらずそう言った直後――フローラの身体《からだ》が、ぐっと強い力で抱《だ》きしめられた。

「うん……心配をかけて、ごめん」

また、謝られる。

耳をくすぐる掠《かす》れた声と、息も出来ないくらい強い抱擁《ほうよう》に、頭がくらっとした。

フローラがあえかな吐息《といき》をこぼすと、クレメンスの腕が慌《あわ》てたように少し緩《ゆる》まる。

だが離れることはせず、腕は背中に回したまま、小さい声で告げてきた。

「自分でも、悪い癖《くせ》だとは思ってる」

「癖……？」

どういうこと、とたずねたフローラを抱《だ》く手が、迷いを示すように微《かす》かに震《ふる》える。

だが続きを促すようにフローラが彼の上着をつかむ手に力を込めると、初めて聞く苦い口調《くちょう》で話し始めた。

「……以前、衛士を呼んだつもりがうっかり偽者《にせもの》だったことがあってね。それ以来、手に負えない人数でない限りは、自分で対処するようにしているものだから」

先ほどもついそうしてしまったと告げた後で、クレメンスがフローラの髪をなでる。

「参ったな、君にはこんなこと知られたくなかったのに……」

「どうして？」

「だって、余計に心配させてしまうだろう？」

腕を離したクレメンスが、気づかうように見下ろしてきた。

フローラは泣きそうな顔で、クレメンスを見つめ返す。

こんなのは、おかしい。だって、今気づかわれるべきは、クレメンスの方だ。

衛士すら警戒《けいかい》せずにはいられない、そんな過酷《かこく》な環境《かんきょう》にいるくせに……フローラがそれを知って心配するといけないから、なにも言わずにおこうだなんて。

「そんな配慮《はいりょ》、いらない」

フローラはクレメンスの上着から手を離し、うるんだ目を隠《かく》すようにうつむく。

「心配くらい、させなさいよ。確かに迷惑《めいわく》かも、しれないけど……」

「迷惑だなんて思ったことは、一度もないよ」

クレメンスはうなだれるフローラの頬《ほお》に触《ふ》れ、困ったような顔で呟《つぶや》いた。

「君に気にかけてもらえるのは、嬉しい。でも、どうしてだろう、と思ってしまう」

「貴方が、自分のことをちっとも大事にしないからに、決まってるでしょう？」

顔を上げて憤然《ふんぜん》と告げると、クレメンスの眉尻《まゆじり》がさらに下がる。

なにか言いたいのを必死にこらえるような目で見られ、フローラの頬が熱くなった。

「な、なによその顔。と……友だちなら、普通でしょう？」

「でも私は……君にそんな風に案じてもらえるほど、好かれている自信がないから」

フローラの赤くなった頬に、クレメンスがそっと触れてくる。

すごく戸惑う、と小さな声で呟くクレメンスの手を、フローラはたまらず握った。

そして、クレメンスの目をじっと見つめながら、告げる。

「自信は、持ってよ……あなたは魅力的《みりょくてき》なんだもの」

地味姫《じみひめ》を演じるフローラとは違《ちが》い、クレメンスは誰もが振《ふ》り向くほど眩《まぶ》しい。

それなのに、好かれる自信がないとこぼす彼がもどかしくて、必死に訴《うった》えた。

「それに、私が貴方《あなた》に好感を抱くのは、当然じゃない。同じシュバルツファンだし、仕事を頑張《がんば》る姿を尊敬してるし……最近は前みたいに気障《きざ》なこととか言わないから、鳥肌《とりはだ》も立たないしっ！」

「……気障？」

心外《しんがい》そうな顔で呟いた後、クレメンスがフローラに聞いてきた。

「私は、別に気障じゃないと思うけれど」

「自覚がなかったの!?」

目を丸くして、フローラはクレメンスを見つめる。

クレメンスは本気で困ったような顔をして、頷《うなず》いてきた。

奇妙《きみょう》な沈黙が流れ、フローラはぐったりと肩を落とす。

するとクレメンスが、すっとフローラの耳のわきに落ちた後《おく》れ毛《げ》をかき上げた。

「でも、そうやって本心を明かしてもらえるのは、嬉しいものだね」

甘い微笑《びしょう》をその整った顔に浮《う》かべ、クレメンスはうっとりと囁《ささや》いてくる。

「美しい黒猫を捕まえる日だけを夢見てきたのに……。今は、君の紡《つむ》ぐ言葉を誰より近くで聞き、その輝く日に私を映してもらえるだけで、幸せなんだ」

不思議だね……、と言ってフローラの髪をつかんだクレメンスが、引き寄せた一房《ひとふさ》に恭《うやうや》しい仕草で口づけてきた。

フローラは、真《ま》っ赤《か》な顔のままで、ぽかんと口を開けてしまう。

気障ではないと言った直後に、これだ。つまり、彼の中でこれは気障じゃない？

――そうか、この人は……天然なんだ。

フローラは今まで彼が見せてきた態度に、ようやく合点《がてん》がいく。

思わせぶりな台詞も、甘い行動も、胸のざわめくような眼差《まなざ》しさえも、全部本人は無自覚でふりまいていただけなのだ。

だから多分、それを勝手に勘違《かんちが》いしかけたフローラが、悪い。

本人はその気がないのに、免疫《めんえき》がないせいで一人で舞《ま》い上がってしまった。

――私になにかと話しかけてきたのは、怪盗シュバルツを捕《つか》まえるため、なのに。

もしかして本気で花嫁に選ばれるのだろうかと、一瞬でも思った自分に呆《あき》れる。

「フローラ」

クレメンスが、黙り込んだフローラの頬を指の背でそっとなでた。

「君が私のことを心配してくれるなら、これからもそばにいてほしい」

視線を合わせてそう言ってくるクレメンスに、激しい戸惑《とまど》いを覚える。

思わず身を引いて逃げようとしたが、素早《すばや》く肩に移った手がそれを許さない。

胸の苦しさに顔を歪《ゆが》めながらも、フローラはふりしぼるように告げた。

「返事は……花嫁選考会の終わりまで、待ってくれるんじゃなかったの？」

クレメンスはその言葉を聞くと、微かに目元を震わせる。

フローラは、彼がまたなにか言ってくる前に、口早《くちばや》に続けた。

「せっかくの花嫁選考会なのだから、きちんと目的は果たさないと」

よりよい相手を見つけ、絆《きずな》を深めて婚約を行う。そのための、会なのだ。

しかしそう主張したフローラに、クレメンスは苦い声で呟く。

「目的、か……でも花嫁選考会を開いたのは、そもそも怪盗シュバルツを呼び寄せるためだったんだよ？」

突然の告白に、フローラはぴくりと身体を揺《ゆ》らした。

するとクレメンスは、悪戯《いたずら》を打ち明けるような決まり悪そうな口調で話し出す。

「その怪盗シュバルツは、私の命の恩人だ。もっとも彼女は私に興味なんてないし、もう忘れてしまっているけれど。私はずっと、彼女との再会を夢見てきた」

寂《さみ》しげな笑みを浮かべたクレメンスに、フローラはおずおずとたずねた。

「自分のことを……思い出して、ほしいから？」

だから、宣戦布告《せんせんふこく》をしたり、花嫁選考会を開いたのだろうか、と思う。

けれどクレメンスは、少し考えた後で静かに首を横にふった。

「正直、あの時の情けない私のことは、忘れたままでいてほしい。私の願いはただ、麗《うるわ》しいあの憧《あこが》れの怪盗《かいとう》を、どんな手を使ってでも捕まえることだから」

そっと、目元を指でなぞられて、フローラはこそばゆい感触《かんしょく》に思わず身をよじる。

クレメンスはそんなフローラを、柔《やわ》らかな目で見つめてきた。

「今は、少しだけ後悔《こうかい》しているけどね」

「……なにを？」

吐息のような声でたずねると、クレメンスが静かに目を伏《ふ》せため息を吐《つ》く。

「怪盗シュバルツをおびき寄せるために開いた選考会で、そのまま花嫁を決めるのは……ついでのようで、嫌《いや》なんだよ。どんな手を使ってでもと考えていたけれど、本気の相手が出来たら、それがいかに不誠実《ふせいじつ》で馬鹿《ばか》げたことか、ようやくわかった」

その言葉を聞いて、フローラは激しく動揺《どうよう》してしまった。

──その本気の相手って、やっぱり……。

頭に浮かんでくるのは、あの赤いドレスを来た艶《あで》やかな女性である。

彼女が現れたから……クレメンスは怪盗シュバルツを呼び寄せるためだけに、この花嫁選考会を開いたことを、悔《く》やんでいるのだ。

フローラは、震えそうな手に力を込めて、クレメンスにたずねる。

「……もし怪盗シュバルツが現れて、黒の秘宝を奪《うば》われたら、困る?」

クレメンスは、いや、と迷わず答えた。そして、フローラの目を見て笑う。

「そうだね、思い人との距離を縮めるために、もう少し時間が欲しいから……でも、もしその時が来たら、喜んで迎《むか》え撃《う》つよ」

「迎え撃って、怪盗シュバルツを捕まえたら、貴方はどうするつもりなの?」

恩人だ、という怪盗シュバルツを捕まえて、どうなれば彼は満足するのか。

たずねるフローラに、クレメンスは照れくさそうに目を細めながら言う。

「心配しなくても、私は怪盗シュバルツの大ファンだからね。捕まえたからといって牢《ろう》に放り込むような真似《まね》はしない。ただ、今度こそちゃんと私を見てほしいんだ」

怪盗シュバルツを捕まえられるほど立派になったと示して、憧れの相手に覚えてもらえる存在になりたいのだと、クレメンスは告げてきた。

そしてその後で、フローラの髪に指をからめ、密《ひそ》やかに囁いてくる。

「それに、怪盗シュバルツを捕まえられるくらいの男でなければ……とても優しくて可愛《かわい》らしい私の思い人殿《どの》には、認めてもらえないだろうからね」
フローラは言葉を返すことが出来ず、黙ってうつむいた。
思い人を褒《ほ》めるクレメンスの言葉には、隠しきれない温かな感情がにじんでいる。
彼の中に息づく強い思いを垣間見《かいまみ》て、息ができなくなるくらい心が苦しかった。
認めてもらえなさそうだから、との言葉に、気を抜《ぬ》くと本音がこぼれそうになる。
——そんなことしなくたって、クレメンス様は魅力的なのに。
髪にからんだクレメンスの手が離れ、気づかうように名を呼ばれた。
はっと我に返り、フローラはすっくと立ち上がる。
「ごめんなさい。マリアが心配するから、帰るわ」
目的は果たした。口早に辞去の言葉を告げて、クレメンスに背を向ける。
クレメンスの願いを把握《はあく》した今、お役目を実行する障害《しょうがい》は、もうなにもない。
——むしろ早く黒の秘宝を回収した方が、クレメンス様にだって都合がいいわ。
怪盗シュバルツの件が片付けば、思い人との時間も増えるはずだ。
なにか言いたげな声で自分を呼び止めるクレメンスを、ちらりと振り返る。
「怪我《けが》……少しでもおかしいと思ったら、ちゃんと診《み》てもらってね」
それだけ告げ、フローラは逃げるように使用人用の通路へ入り、その場を去った。

3

部屋に戻《もど》り、マリアに借りた下働きの制服からいつものドレスに着替える。

クレメンスの部屋から戻った時には、おじもマリアもいなかった。

談話室に戻って、テーブルの上に置かれた書き置きを見る。

どうやら、マリアは新しく来た花嫁候補の調査へ向かい、アドルフは街で大おじと合流するために出かけたらしい。

メモをたたんでポケットにしまい、フローラは部屋のすみへ目をやった。

「おまえは、お留守番《るすばん》なのね」

大きな鳥かごに入れられたハイモは、フローラがそばに寄ると甘えるように鳴き、扉《とびら》を開けろと催促《さいそく》するようにくちばしでかごの入り口をつついてくる。

そして入り口の留め金を外して扉を開けるや、フローラの肩に飛び乗ってきた。

いつもなら部屋中を飛び回るはずが、今日はなぜかフローラの頬に頭をこすりつけ滅多《めった》に聞けない優しい声で鳴いてくる。

まるで慰《なぐさ》めるようなその動きに、目元がじんわりと熱くなった。

「私、心配されるような顔をしてる？」
ハイモにたずねると、まるで頷くようにケー、と鳴かれる。
柔らかな胸の部分の毛を指で触《さわ》っても、いつものように嫌がらない。
情けないな、とため息をこぼして、フローラは痛む胸をそっと押さえた。
心が揺れているのは、怪盗シュバルツのお役目について悩んでいるからではない。
クレメンスと、その思い人について考えてしまうからだ。
「こんな苦い気持ちは、いらないのに……」
アドルフに言われて真実を確かめに行って、余計《よけい》なことまで気づかされてしまう。
フローラの胸にわくこの重苦しい感情は、クレメンスの思い人への……嫉妬《しっと》だ。
刺客《しかく》に狙《ねら》われたのに無防備な姿を見て、本気で腹が立った。
自分の怪我を無視して平気な顔をするのが、許せなかった。
辛《つら》い立場にいるのに、いつでも一人で全部こなそうとする姿が、寂《さび》しかった。
それは全部、クレメンスを大切に思い、彼に傷ついて欲しくないと願うからだ。
「黒の秘宝の持ち主に、恋心を抱《いだ》くなんて……」
長いため息が、口からこぼれる。
自覚してしまった気持ちを持てあまし、強《こわ》ばった顔でうつむいた。

怪盗シュバルツのお役目を果たすためには、冷静であることが求められる。

それなのに、胸をきしませる感情に動揺を隠《かく》せない自分が、たまらなく嫌だった。

迷いを吹っ切るように頭《かぶり》を振《ふ》って、フローラは窓辺に歩み寄る。

そこから見えるリラの花をにらんで、ハイモを相手に努めてたんたんと言った。

「おじさまが言っていたクレメンス様の秘密というのは、二年前のことだと思う。さっきは、つい冷静さを欠いていたけれど、話の端々《はしばし》に気になる点があったわ」

先ほどのやり取りを思い出して、フローラは静かに目を閉じる。

クレメンスは確か、フローラに助けられるのは、二度目だと言っていた。

つまり彼が追い求めていた憧れの怪盗シュバルツは、フローラのことなのだろう。

会話を一つ一つたどっていくうちに、閉じていた記憶の蓋《ふた》がじょじょに開いた。

「そういえば、王宮に忍《しの》び込んだ時……」

アドルフと別行動をとり、警備の状況を確認していた時のことを、思い出す。

ヘルシャー王宮の暗い庭園を調べる中、フローラは悲鳴を聞きリラの花に囲まれた中庭をのぞいた。

そこで、酷い手傷を負った青年と、剣《けん》を手にする衛士《えじ》を見つけて、助けに入った覚えがある。相手が衛士だから少々戸惑ったが、青年が丸腰《まるごし》で、どう見ても襲撃者《しゅうげきしゃ》や同業者には見えなかったから、衛士を昏倒《こんとう》させた後で手当を施《ほどこ》した。あの時、暗かったし相手の顔などろくに見なかったが……あれが、クレメンスだとしたら先ほど聞いた話とも合致《がっち》する。

驚《おどろ》きに目を瞬《またた》かせ、フローラは窓を開けた。

あの日かいだのと同じリラの花の香りが、忘れていた記憶を鮮《あざ》やかに呼び起こす。

「確かあの時手当した中で、一番酷《ひど》い傷は右足にあったから……」

クレメンスが追いかけっこの後で足を庇《かば》っていたのは、その後遺症《こういしょう》かもしれない。

どうして今まで、気づかなかったのだろう。

そう思い、フローラはぐっと眉根《まゆね》を寄せた。

「いえ、仕方ないわ……だってあの時と今では、印象が全く違《ちが》うんだもの」

衛士に襲撃され傷を負った当時のクレメンスは、その状況と怪我のせいで、とても気が立っていたのだろう。

助けたフローラを酷く警戒《けいかい》し、襲撃者の仲間かとさえ聞いてきた。

それに対してフローラも、売り言葉に買い言葉で……。

『怪盗シュバルツが興味を持つのは黒の秘宝だけで、貴方《あなた》のことなどどうでもいい』

などと返したり、去り際《ぎわ》にクレメンスからまた会えるかと聞かれ……。

『会いたかったら自分で捕《つか》まえに来たら？　出来るものならね』

そんな高飛車な言葉を、口にしたことを思い出してしまう。

恥《は》ずかしさで顔を赤くしたフローラに、ハイモが柔らかな胸の羽を押し当ててくる。

ふわふわとした感触に励《はげ》まされ、辛《かろ》うじて座り込まずにすんだ。

窓枠《まどわく》に手をついて体重を預けて、苦い顔で呟《つぶや》く。

「クレメンス様が怪盗シュバルツに興味を持ったのも、捕まえようとしたのも、全部私が悪かったんじゃない……」

クレメンスは忘れたままでいいと言ったが、全部思い出してしまった。

先ほどとは違う意味で、落ち着かない気分になる。

「もしかして、クレメンス様がなにかにつけて、自分に自信がなさそうなのって」

あの時のフローラの言動が、原因なのだろうか。

そんなはずはない、と思いたい。でも、そうでなければ嫡子《ちゃくし》としても男性としてもあんなに立派なクレメンスが、好かれる自信がないとか認めて欲しいなんて、弱気になるはずがなかった。

どうしよう、と青ざめながらも、フローラは震《ふる》える声で呟く。

「私のせいで、クレメンス様が思い人に気持ちを伝えられないなんて……そんなの、許されるわけがない」
怪盗《かいとう》シュバルツは関わった人を不幸にしてはいけない、という掟《おきて》がなくても。
クレメンスには、幸せになってほしい。
たとえその相手が……自分ではなくても、それは仕方のないことだ。
初めて好きになった人が笑顔で暮らしていてくれるなら、それでいい。
胸の痛みにたえながら、フローラは決意に満ちた顔で誓《ちか》う。
「今回のお役目だけは、なにがあっても成功させてみせる」
黒の秘宝の不幸からも、過去のしがらみからも、クレメンスを解放したい。
そのために自分が出来ることがあるなら、なんだってやろう。
胸にうずまく苦しい思いは相変わらずだが、もう迷いはない。
相変わらず気づかうように見てくるハイモのくちばしのつけねを、指でなでた。
「心配してくれて、ありがとう。もう、大丈夫よ」
クレメンスは憧《あこが》れの怪盗と決着をつけるのを、待っている。
だったらその期待を裏切ることは出来ない。
自分が出来ることはなにか、フローラは目を閉じ考える。
前髪に隠れた瞳《ひとみ》に宿る輝《かがや》きは、もう地味姫《じみひめ》ではなく、怪盗シュバルツのものだった。

ハイモが安心したように籠《かご》に戻ったのと同時に、扉が開かれマリアが帰ってくる。

「フローラ様、お戻りでしたか」

マリアはそう言うと、窓のそばにいたフローラの元へ歩み寄ってきた。

そして、困ったような顔で首を傾《かし》げる。

「まあ、どうしましょう」

「マリア?」

優しい手でフローラの頰《ほお》に触《ふ》れながら、マリアは小さな声で言ってきた。

「フローラ様がまだお辛い顔をしていらしたら、今回のお役目から外れてもらおうと思っていたのに……今のご様子では、絶対にそんなこと出来ませんね」

「うん……」

フローラはマリアを見上げて、きっぱりと告げる。

「クレメンス様の宣戦布告《せんせんふこく》を受けたのも、あの人が待っているのも、私なの。だからあの方のお相手だけは、たとえ大おじ様やおじ様にだって、譲《ゆず》ることは出来ない」

マリアはフローラの目をじっと見つめながら、静かな声で言った。

「見習い期間中は、他国のお役目に補佐《ほさ》以外の立場で参加できないはずです」

「三年ルールは未熟な怪盗シュバルツに無理をさせないために、内輪《うちわ》で決めたもの。

怪盗シュバルツとしての掟は、それより優先されるはずだわ」

見守り役としての厳しい表情を崩《くず》さないマリアに、思いを込めて訴《うった》える。

「黒の秘宝に関わったものを、不幸にしてはいけない。黒の秘宝を奪《うば》う時には、その持ち主が黒の秘宝に抱く思いを、最大限にくみとって禍根《かこん》を残さないようにする……そうである以上、これは私がやるべきお役目なの」

だからどうか、やらせてほしい。そう告げたフローラに、マリアは聞いてきた。

「クレメンス様と、正面から対峙《たいじ》して……冷静でいられますか？」

「大丈夫《だいじょうぶ》、やってみせる」

きっぱりと答えて、フローラはそっと自らの胸に手をあてる。

「だって私は、あの人が憧れた怪盗シュバルツなんだもの」

無様《ぶざま》なまねは、絶対にしない。

そんな思いをこめて見つめていると、ふっとマリアが表情を和《やわ》らげる。

「わかりました。では私からも、アドルフ達に頼んでおきましょう」

「ありがとう……っ！」

マリアの頼《たの》みなら、アドルフは絶対に断らない。

頑張《がんば》ってください、と微笑《ほほえ》むマリアの存在が、心強くてほっと胸をなでおろす。

何度も礼を告げるフローラの手を握《にぎ》り、マリアがきりりとした顔で言ってきた。

「お礼は、まだ早いですよ。フローラ様にはまず、これをわたして頂かないと」

きちんと届けてあげてくださいね、とわたされた封筒《ふうとう》には、見覚えがある。

「これ、まさか……予告状？」

「はい、アドルフが出がけに書いて置いていきました」

にこやかに言われ、フローラは手の中の封筒を握る手に力をこめた。

これをわたしてしまえば、きっとすぐにこの離宮《りきゅう》を離れることになる。

そうなればもう、フローラとしてクレメンスに会うことは、ない。

寂しさと切ない気持ちを押し止めて、フローラは毅然《きぜん》と顔を上げマリアに告げた。

「花嫁選考会を辞退することになるから、お詫《わ》びをしたためておくわ」

「お願いします」

その間に荷造りをしておきますね、と微笑むマリアに背を向け、寝室に入る。

部屋の隅《すみ》に置かれた机に向かって、手に持っていた予告状をそっと置いた。

「憧れは、手が届かないからこその憧れよ」

クレメンスの記憶に残る憧れの怪盗像を、絶対に崩さず、お役目を果たそう。

それこそが自分に出来る最善のことだと、フローラは乱れる心に言い聞かせた。

4

刺客《しかく》に襲《おそ》われた日の夜も、クレメンスは執務室《しつむ》で山積みの書類を片付けていた。
絨毯《じゅうたん》に残る染《し》みなどもそのままの部屋で、黙々《もくもく》とペンを動かす。
だがしばらくすると、その目はすっと左腕に向けられた。
シャツのボタンを外しているから、ちらりと白い包帯がのぞいている。
固く引き結ばれていた口元に、自然と柔《やわ》らかな笑みが浮《う》かんだ。
「心配くらいさせなさいよ、か……」
泣きそうな顔で自分を案じてきたフローラの顔を思いだし、胸が温かくなる。
優しい人だとは、思っていた。
でもきっとその優しさは、万人に向けられるものだから、うぬぼれてはいけない。
はやる自分を戒《いまし》めるためにも、そう言い聞かせてきた。
「私が本当に自信を持ってしまったら、困るのは君なのに……」
好意を抱《いだ》いてくれているかもしれないなんて、少しでも思ったらもう止まれない。
花嫁選考会の終わりどころか、怪盗シュバルツとの対決を待たずして、彼女の前に跪《ひざまず》いて求婚《きゅうこん》の答えを乞《こ》うてしまうだろう。

すでにさっきだって、ついつい秘めていた彼女への思いがこぼれてしまった。

愛《いと》しさのあまり彼女を抱《だ》きしめ、告げるはずのなかった言葉を口にして、己《おのれ》の中に秘めていた汚《きたな》い事情まで暴露《ばくろ》して……。

そしてその結果フローラは、まるで逃げるように立ち去ってしまった。

「軽蔑《けいべつ》されるのは、困るな」

そう呟いたものの、去り際のフローラの言葉を考えると、その可能性は薄い。

ペンを置いて左腕を抱き寄せ、クレメンスは切なげに目を細める。

たとえ軽蔑されるかもしれなくても、伝えておきたかった。

「怪盗シュバルツ相手なら、多少の罠《わな》も実力のうちだと胸をはって言えるけれど」

暴言を吐《は》くクレメンスなど相手にもしない、冷ややかな怪盗の姿を思い出す。

お前に興味などない、と言われた悔《くや》しさは、この二年を耐《た》え抜《ぬ》く原動力になった。

――いつか彼女をこの手で捕まえ、価値ある男だと認めさせてやる。

そんな思いで二年間頑張ってきたし、そのためなら手段を選ぶ気はなかった。

でもマスクを脱《ぬ》いだフローラを相手に、そんなこそくな真似《まね》は、出来ない。

大事な相手だからこそ、正面から向きあって、好きになってもらいたかった。

こんな気持ちは初めてだから、正攻法《せいこうほう》に慣れないクレメンスは少々戸惑《とまど》う。

「育った環境《かんきょう》のせいか、彼女ほど真《ま》っ直《す》ぐに生きるのは難しい」

クレメンスの窮地《きゅうち》を見てとっさに飛び込んできた、フローラのように。

自分の立場や損得を考えず、誰かのために行動するなんて、出来る気がしない。

なにせ今朝《けさ》の襲撃《しゅうげき》だって……本当は、クレメンス自身が仕込んだ茶番だ。

「さすがにそこまでは、言えなかったけれどね」

包帯を愛しげになでてから、クレメンスは机の上に置いた資料に目をやる。

ぶ厚い紙の束は、異母弟一派に属する人間の調査書だ。

「欲にまみれた連中を、フローラのそばに置いておくのも汚《けが》らわしい」

冷たい目でそう呟き、クレメンスは口の端《はし》を引き上げる。

心配くらいさせろとフローラは言うし、彼女に気づかわれるのは嬉《うれ》しい。

でも、あの輝く美しい瞳に、余計《よけい》なものは映してほしくなかった。

「願いを叶《かな》えるためなら身内《みうち》の命も平気で奪う人間なんて、関わらない方がいい」

だから、一刻も早くあの異母弟が寄越《よこ》した女を排除《はいじょ》すべく、手を打ったのである。

「私のいる本棟《とう》の警備が緩《ゆる》んだと見るや、あっさり誘《さそ》いにのるとは、相変わらず頭の中身が心配になるような連中ばかりだな」

呆《あき》れたようなため息とともに、クレメンスは腕を組んだ。

フローラのいる離れだけは厳重《げんじゅう》に守らせたが、昨日から離宮の警備に、いくつかの穴を作ってある。後は、その情報を女を通じて流させれば問題ない。

現在はブルーノが、今朝の刺客を手引きした疑いで話を聞いているから、明日には厳しい処罰《しょばつ》の申しわたしと、退去命令を出せる。

欲しいのは事実ではなく、口実だ。

「これでようやく、明日からフローラとの時間が取れる」

ほっと表情を緩めたクレメンスは、明日からのことを目を輝かせて考える。

まず改めて、今日のことを感謝したい。

ただ、もう今日のように思いが暴走し、逃げられるような真似はしたくない。

しばし考え込んでいると、不意にあるはずのない風を頬に感じた。

驚《おどろ》いて窓を振《ふ》り返ったクレメンスは、目を見開き思わず腰を浮かせる。

見つめた先には、窓枠《まどわく》に腰掛け悠然《ゆうぜん》と足を組む——美しい怪盗の姿があった。

黒いマントのような上着が、ふわりと風になびく。

「こんばんは」

凛《りん》とした声が、そう告げてきた。声も出せぬまま、クレメンスは立ち上がる。

呼びかけようとして、慌《あわ》てて口をつぐんだ。

フローラ、という名前で、今この場にいる相手を呼ぶことは出来ない。

白いマスクの下から、リラ色の輝く瞳《ひとみ》が、クレメンスをじっと見つめてきた。

「これを、受け取って頂けるかしら？」

ぴっ、とどこからともなく取り出した封筒を、細い指が投げてよこす。

手を伸ばし受け取ると、それは紛《まぎ》れもなく——怪盗《かいとう》シュバルツからの、予告状だ。

どくん、と心臓が音を立てる。

気づけば口からは、掠《かす》れた声がこぼれていた。

「ずいぶん、唐突《とうとつ》なんだね」

「そうね。でも直《じか》に届けに来たのは、あなたに敬意を払《はら》っているからよ」

立ち上がった小柄《こがら》な少女は、まるで体重を感じさせない軽やかな動きで、執務机のそばに立つクレメンスに近づいてくる。

「だって、誰かに宣戦布告を受けるなんて初めてだもの……売られたけんかは、買うのが礼儀《れいぎ》というものでしょう？」

楽しみだわ、と囁《ささや》いてきた怪盗シュバルツの手を、そっとつかんだ。

ひんやり冷たいこの小さな手の感触《かんしょく》を、やはりクレメンスは知っている。

口を開こうとしたクレメンスを制するように、つかんだ手がそっと引き抜かれた。

「残念だけれど、まだ捕《つか》まるわけにはいかないの。気が早い男は、嫌《きら》われるわよ？」

茶化《ちゃか》すような言葉も、艶《あで》やかな笑みを浮かべた唇も、二年前に見た怪盗そのままであるはずなのに……どこか無理をしているように感じるのは、なぜだろう。

怪訝《けげん》な顔で、マスクの奥の目を見つめた。

だが、その視線を真っ向から受け止められて、逆に動揺《どうよう》してしまう。

「あら、見つめ合うだけで照れるなんて、意外に純情なのね」

くすりと笑われ、完全にペースを乱されたクレメンスは、思わず顔を歪《ゆが》めた。

「長年憧《あこが》れ続けた存在が、こんなに突然目の前に現れたら、だれだって戸惑うよ」

「長年というけれど、二年というのは、そんなに長い期間じゃないわ」

思わぬ言葉に目を見張ると、白い指がそっと右足を指さしてくる。

「あの時の怪我《けが》は、もう大丈夫なのかしら？」

「思い……出したのかい？」

クレメンスの掠れ声に、怪盗シュバルツは頷《うなず》いた。

胸にこみあげる熱を、拳《こぶし》を握ってやり過ごしながら、クレメンスは呟《つぶや》く。

「あの時は、ごめん」

「謝らなくてもいいわ。でもまさか、本気で捕まえに来るとは思わなかった」

意外に執念《しゅうねん》深いのね、と首を傾《かし》げる相手に、笑顔で告げた。

「昔から、一度欲しいと思ったものはどんな手を使ってでも、諦《あきら》めないたちなんだ」

「そう、でも……今回ばかりは、諦めてもらうしかないわ」

笑みを消した怪盗シュバルツが、挑《いど》むようにクレメンスを見てくる。

「貴方《あなた》が持っている黒の秘宝は、この怪盗シュバルツが必ず奪《うば》ってみせる」

視線の強さと昂然《こうぜん》と胸を反《そ》らす少女の美しさに、ごくりと喉《のど》がなった。

思わず伸びそうになる手を押《お》し止めて、相手の目を見ながら告げる。

「では私は、必ず君を捕まえてみせる」

「やれるものなら、やってご覧なさい」

自信に満ちた声でそう言うと、憧れの怪盗はクレメンスにくるりと背を向けた。

「怪盗シュバルツの名にかけて、私は誰にも、捕まったりはしない」

そう呟くと、少女はまるで羽でも生えたように、ふわりと窓枠に飛び乗る。

「三日後を、楽しみにしているわ」

そう言いのこして怪盗シュバルツが消えた後も、クレメンスは予告状を握りしめ、彼女の去った窓をじっと見つめた。

だがやがて、詰《つ》めていた息を吐き出して額《ひたい》を押さえる。

「どこまでも、こちらの予想を裏切ってくれる人だ……」

明日から、時間をかけて色々な話をして、もっと近づければと思っていた。

でもその矢先に、この仕打ちである。

今は思い人との距離を縮めたいと、言ってあったのに……まさかその日に予告状をわたされることになるなんて、さすがに落ち込みそうだ。

「暗に振られたのか、私は」

あれだけ熱を込めた眼差《まなざ》しを送ったのだから、まさか気づかないはずがない。

焦《あせ》りと苛立《いらだ》ちで、腹の奥がむかむかしてくる。

窓辺に歩み寄り、暗がりに目をこらすが、もうあの怪盗の姿はどこにもない。

きっと、今フローラの部屋をたずねれば、会える。

でもクレメンスは……窓枠を殴《なぐ》りつけ、その場に留まった。

「喜んで迎《むか》え撃《う》つ、と約束したからには……引き留めるわけには、いかないだろう」

苦しげにそう呟いた後で、クレメンスは気持ちを切り替《か》え、表情を険《けわ》しくする。

勝負《するど》は、まだこれからだ。憧れの怪盗も、愛しい姫君も、逃《に》がす気はない。

鋭く細めた目を光らせて、クレメンスは受け取った予告状を手に王宮へ向かった。

第五章　さようなら初恋《はつこい》

1

怪盗シュバルツから、嫡子《ちゃくし》クレメンスに予告状が届いた。

その知らせを受けて、ヘルシャーの王都はにわかに騒《さわ》がしくなる。

特にクレメンスが『離宮《りきゅう》の離れにある、リラの花が咲《さ》く庭にて、怪盗シュバルツを迎え撃つ』と、伝説の怪盗と対決すると言ってからは、みながその話題でもちきりだ。

予告状が届いた翌日に、体調不良で花嫁選考会を辞した姫のことなど、噂《うわさ》どころかちらりとも話題にのぼらない。

そして、シュバルツが予告した犯行日。

対決の場所である青の離宮周辺に、おびただしい数の野次馬《やじうま》達が集まっていた。

フローラとアドルフ、そして大おじの三人は、黒装束に身を包み、青の離宮に近い大木の上から、集まった人々を見下ろしていた。

「人気者だね、フローラ」

上の枝に腰掛けたアドルフにそう言われ、フローラは苦い笑みを浮《う》かべる。

「ヘルシャーでのお役目は少ないから、余計に注目されるのかも」

「まあ、グラナート国内に比べれば、どこもそんなもんじゃい」

苦み走った笑みを浮かべ、大おじは被《かぶ》ったかつらを、念入りに直した。

髪がうすくなったせいで、ピンで固定するのが難しく、かつらが帽子《ぼうし》ごと吹《ふ》っ飛びやすいらしい。だが衰《おとろ》えたとはいえ、長年第一線で活躍《かつやく》している大怪盗らしく、指先やちょっとした視線の配り方に至るまで、隙《すき》がない。

事情を知って、ぎっくり腰《ごし》が治ってすぐ身体《からだ》の調子を整え、各種の道具を手に駆《か》けつけてくれた大おじに、フローラは改めて感謝する。

「大おじ様のおかげで、火薬も薬品も全部そろいました。ありがとうございます」

「なに、動けない間の手慰《てなぐさ》みに、ちょこちょこと作っておいただけのことだ」

アドルフが心配そうに、大おじにたずねる。

「腰は、本当に大丈夫なんですか？」

「可愛《かわい》い見習いが頑張《がんば》るのに、ぎっくり腰でいつまでも寝込《ねこ》んではいられんだろう」

大丈夫だ、と不敵な笑みを浮かべた大おじは、その言葉を裏付けるように軽やかな動きで一番高い枝まで上ってみせた。

アドルフもその動きを見て、ようやく安心したような笑みを浮かべる。

一番下の枝に立っていたフローラは、上の二人を見上げて目礼した。

「私に任せて欲しいというわがままを聞いてくださって、ありがとうございます」

「黒の秘宝の持ち主がお主《ぬし》を待つ以上、掟《おきて》に照らして当然のことだ。もちろん、まだ見習いである以上、我々が全力で補佐《ほさ》させてもらうがな」

頑張れ、と優しく告げてくる大おじに、感謝する。

そして、最終確認のために腰のベルトにつけた道具を、念入りに確認した。

縄《なわ》や薬品、発煙筒《はつえんとう》にいたるまで、すべて怪盗シュバルツ特製の品だし、今回は特にそれらの製作に長《た》けた大おじが協力してくれている。

特に発煙筒や発炎筒《はつえんとう》は、どちらも火薬の調達から調合まで行っているから、燃える時間はもちろん、煙の量や上がる炎の特性も全《すべ》て把握《はあく》していた。

不足や破損がないのを確かめて、フローラはきりりとした顔で離宮を見つめる。

すると大おじが、フローラの斜《なな》め上から、楽しげな声で言ってきた。

「さて、対決は若い者に任せて……余計《よけい》な邪魔《じゃま》者は、この老兵が引き受けよう」

「フローラ。なにかあったら、三番の発炎筒で知らせるんだよ？」

また後で、と言った二人は木の枝から暗がりへ、軽やかに駆けていく。

フローラは二人が去った後で、大きく息を吸い込み、両頬《りょうほほ》を平手《ひらて》で叩《たた》いた。

「よし……行こう」

気合いを入れてそう呟き、木からひらりと飛び下りて、近くの泉へと向かった。

青の離宮の裏手にあるこの泉が、離宮内の水路に水を供給している。

離宮へと伸びる水路は、あらかじめ水量が膝《ひざ》の高さに下がるよう、調節しておいた。

水位を確認してから、手に持った小さな燭台《しょくだい》を頼《たよ》りに先へと進む。

細い道はところどころに行き止まりがあるが、その辺もぬかりなく調査済みだ。

しばらく歩くと、離宮の東にある貯水池に出る。

フローラは辺りに人気《ひとけ》がないのを確認し、荷物を覆う油紙と革を外した。

そして取り出した『挨拶《あいさつ》用』の発炎筒に、火をつける。

着火して貯水池のふちに立てかけた発炎筒は、さーっと音を立てて真《ま》っ青《さお》な美しい炎を吹き上げ始めた。

「ハイモ」

名を呼ぶと、近くの梢《こずえ》に待機《たいき》させていたハイモが飛んでくる。

その脚に、炎が触《ふ》れないよう注意しながら発炎筒をつかませた。

「派手にお願いね」

心得《こころえ》たとばかりに、ハイモが発炎筒をつかんだまま大空へと羽《は》ばたく。

青い火の粉が、夜空にきらきらときらめいた。

「なんだっ！」

近くにいたらしい衛士《えじ》の声が響《ひび》くのとほぼ同時に、今度は外から派手な爆音《ばくおん》が響く。

「おっ、おい！　あっちだ！」

次々に外が見える位置に出てきた衛士や騎士《きし》が、東西の空を飾《かざ》る大輪の花火を見て目を丸くしていた。

これだけ派手に挨拶すれば、クレメンスも気づいただろう。

フローラはにっこり微笑《ほほえ》み、花火に気をとられた騎士や衛士の目の前を通り、青の離宮の建物内に駆け入る。

「いたぞっ、怪盗《かいとう》シュバルツだ！」

追いかけてくる騎士や衛士達をあざ笑うように、フローラは縦横無尽《むじん》に離宮内を走り回った。

窓から木の枝へ、枝から二階へ、二階から本棟《とう》へ続く渡《わた》り廊下《ろうか》へ……。

華麗《かれい》で自由奔放《ほんぽう》な怪盗らしく、軽やかな足取りで——慣れ親しんだ離れを目指す。

中庭からかつて寝起《ねお》きしていた部屋の屋根に上り、目的の庭にたどり着いた。

リラの花の咲き乱《みだ》れるそこは、クレメンスがお気に入りだと言った場所である。

甘い香りが立ちこめる庭には、警戒《けいかい》したような警備や騎士の姿が全く見られない。

訝《いぶか》りつつもフローラを見て、クレメンスは目を細めて片手を上げる。

「ようこそ、黒猫《くろねこ》さん。待っていたよ」

「こんばんは、王子様。待っていたわりには、出迎《でむか》えが少ないようだけれど？」

肩をすくめて歩み寄りながら、フローラは辺りを探《さぐ》った。

他の場所にはうるさいくらいにいた、衛士や騎士達の気配《けはい》が、どこにもない。

まるでこの庭の中だけが、外の喧噪《けんそう》から切り離《はな》されたかのように、静かだ。

警戒するフローラに、クレメンスが優しい声で語りかけてくる。

「君の相手を、他の人間に任せるなんて嫌《いや》だから……下がってもらっているんだよ」

「ずいぶん、余裕《よゆう》なのね」

見くびられたと不満顔を演じながらも、フローラは真意を探るように目をすがめた。

だがクレメンスは、嘘《うそ》をついているわけではないらしい。

この近くに誰か潜《ひそ》んでいるなら、ハイモが警戒の声を上げるはずだ。

夜をものともしない頼《たの》もしい相棒《あいぼう》は、火薬がつきた筒《つつ》を放り出した後で、ひっそり離れの屋根にとまり様子をうかがっている。

周囲を気にしながらも、フローラは注意の大部分をクレメンスに戻《もど》した。

――私がすべきことは、三つ。

一つ目の目的は、黒の秘宝を無事に回収すること。

二つ目は、クレメンスとの対決に勝ち、彼の憧《あこが》れの怪盗のままこの場を去ること。

そして三つ目は、ちゃんとクレメンスに、彼が素晴《すば》らしい人物だと伝えることだ。

過去にとらわれることなく、クレメンスが幸せな未来へ歩み出せるように。

フローラは、全力で彼の背中を押さなくてはならない。

どのタイミングで、いかに自然に言葉をかけるか、真剣《しんけん》に悩みつつ、クレメンスと対峙《たいじ》した。しばし互《たが》いに、無言で見つめ合う。

最初に動いたのは、クレメンスだった。

散りかけのリラの花を背にした彼は、ゆっくりとフローラに歩み寄ってくる。

「この黒の秘宝さえあれば、君は来てくれる。だったら、他のものなんていらない」

甘い声で囁《ささや》くクレメンスの手には、きらきらと輝くティアラが握られていた。

「さあ……欲しかったら、力ずくで奪《うば》いにおいで」

挑発《ちょうはつ》的な笑みを浮かべたクレメンスが、そう言ってきた。

だがそのまま近づいてくるかと思った彼の足は、ある場所でぴたりと止まる。

まるでフローラが行くのを待つかのように、その場から動こうとしない。

——あの近くになにか、仕掛《しか》けているの？

あからさまに怪《あや》しい動きに戸惑《とまど》い、フローラは彼の足下に目を向ける。

クレメンスが立ち止まった場所には、彼を囲むようにしてランプが置かれていた。

飾りらしき花や葉っぱで実に可愛く彩《いろど》られたそれは、散りかけのリラの花で寂《さび》しくなりがちな庭を華《はな》やかに見せるための、単なる飾りにも見える。

だが、あんな風に置くのは……不自然だ。

「なに？」

首を傾《かし》げたクレメンスに、フローラはランプを警戒しているのを気づかれないよう注意しながら、一歩歩み寄る。

「どうやって貴方《あなた》のことを驚《おどろ》かせようかと、今一所懸命《けんめい》に考えていたの」

「楽しみだな」

おかしい、と思った。

二人っきりになりたいから、騎士と衛士を排除《はいじょ》する。

これまでのクレメンスなら、いかにもやりそうなことだ。しかし、本気で捕《つか》まえに来るはずの今夜、果たして策もなく一人で待っているだろうか？

——違《ちが》う、そんな甘い人じゃない。

宣戦布告《せんせんふこく》までした憧れの相手との対決で、手を抜《ぬ》くとは思えない。
きっと、なにかあるはずだ。
いつもと違う点はないか、クレメンスの着ている服はもちろん、髪型や靴《くつ》の先まで
しっかりと見つめ直す。服装は変わりない。
だが思えば……今日の彼は、やけに口数が少ない。
試しに、フローラはクレメンスに呼びかける。
「ねえ、王子様」
「ん?」
どうしたんだい、といいたげな笑みを浮かべてはいるが、口は閉じたままだ。
もう一歩、フローラは焦《あせ》ったような動きで、クレメンスに近づく。
暗い庭にただようのはリラの甘い香りと、微《かす》かな水の匂《にお》いだ。
だがその中に――異質な嫌な匂いがうっすら混じっている。
その元となっているのは、ランプを彩る花や葉だった。
フローラはそれを見るや、ぱっと腰の荷物入れから細い鞭《むち》を取り出した。
そして紐《ひも》のような先端《せんたん》をしならせクレメンスの足下にあるランプをはじき飛ばす。
音を立ててころがったランプの炎が、大きく揺《ゆ》らめいてから消えた。

それを待たずにクレメンスの元へ飛ぶように駆け寄ると——彼の胸ぐらをつかんで、地面に勢いよく押《お》し倒《たお》す。

「なんてものを足下でたいてるのよっ！」

クレメンスの足下に置かれたランプを彩る草花の中で、燃えていた葉。

あの形は確か、煙に幻覚《げんかく》や酩酊《めいてい》効果をもたらす作用がある植物の葉だ。

いくら屋外とはいえ、足下で燃やしていいものではない。

嫡子《ちゃくし》としては優秀《ゆうしゅう》で、仕事熱心な尊敬すべき相手だが、自らの身体《からだ》には無頓着《むとんちゃく》で、危なっかしいクレメンスのことだ。

もしかしたらなにかするかも、と思っていた……だがこれは、最低である。

怒《いか》りと動揺《どうよう》で頭が真っ白になりそうな中、フローラはたまらず怒鳴《どな》った。

「私を捕まえる前に、自分がどうにかなったらどうする気なのっ!?」

鋭《するど》い目でにらむが、クレメンスは嬉《うれ》しそうにそんなフローラを見つめてくる。

「大丈夫《だいじょうぶ》だよ」

「大丈夫なわけ……っ」

「あれは、フェイクだ」

フローラが目を丸くすると同時に、倒れていたクレメンスが上半身を起こし、脚にフローラを乗せた状態で両腕を広げた。

長い腕は逃げる間もなく、フローラの身体をきつく抱《だ》きしめる。

「やっと、捕まえた」

しまった、と思った。だが逃げようにも、クレメンスの力が強すぎる。

相手の胸ぐらをつかんでいた両手も、抱きしめられたせいで動かせない。

クレメンスはフローラの耳元で、ひそやかに囁いてくる。

「こんな方法をとって、ごめん。でも、どうしても聞いて欲しいことがあったんだ」

思わぬ言葉に戸惑っていると、クレメンスが微かに力を緩《ゆる》めた。

そしてフローラの顔をのぞき込みながら、優しい笑みを浮《う》かべて言ってくる。

「まず……心配してくれて、ありがとう」

悪趣味《あくしゅみ》だ、と震《ふる》える声で呟《つぶや》き目をそらすと、もう一度謝られた。

その後で、クレメンスは、笑みを消し静かな声で続ける。

「いつか、君に認めてもらえる男になってやろうという一心で、今日まできた。夜の闇《やみ》を駆《か》ける君の姿に憧れ、艶《あで》やかな笑みに魅《み》せられ、この手で捕まえたいと思った」

でも終わりにするよ、という一言に、フローラは思わずクレメンスを見た。

背中に回っていたクレメンスの腕が、名残《なごり》を惜《お》しむようにゆっくりと、離れる。

「ありがとう、私を助けてくれたことに――君と出会えたことに、感謝しているよ。今夜はそれだけ、伝えたかった」

フローラは、クレメンスの胸元から下ろした手で、そっと彼の頬《ほお》に触《ふ》れた。

初めて自分から触れたクレメンスの頬は、少しだけ冷たい。

大きく息を吸って、彼に告げるため必死に考えた言葉を、口にする。

「認めるどころか、尊敬しているわ。嫡子としても、一人の人間としても。貴方は、一緒《いっしょ》にいたら惹《ひ》かれずにはいられないほど、素晴らしい人だから」

フローラの言葉に、クレメンスがまさか、というように目を丸くする。

焦《こ》げ茶色の怜悧《れいり》な目をじっと見つめて、フローラは続けた。

「私が怪盗シュバルツでなければ、このまま捕まってしまいたいくらいに……貴方は魅力的《みりょくてき》な人だったわ」

思いを込めてそう告げて、痛む胸に気づかないふりで、笑ってみせる。

「あなたに思われる人が羨《うらや》ましいくらい」

なにか言おうとしたクレメンスを待たず、フローラはそっと、彼に顔を寄せた。

そして、その頬に……触れるだけの口づけを贈《おく》る。

目を見張り凍《こお》り付いたように動きを止めたクレメンスの手に、自分の手を重ねた。

「どうか、お幸せに」

祈るような声が彼の耳に届いたか確かめることなく、クレメンスから離れる。

クレメンスが再び伸ばしてきた腕が届く前に、立ち上がりその場から飛び退《の》いた。

手には、クレメンスが落とした黒の秘宝がしっかりと握《にぎ》られている。

近くの木を足場に屋根に飛び乗ると、クレメンスが動揺も露《あら》わに呼び止めてきた。

「待ちなさい！」

今までで一番慌《あわ》てた顔のクレメンスが、屋根のすぐ下に駆け寄ってくる。

手に持ったティアラを掲《かか》げて、フローラは眼下のクレメンスを見下ろした。

「黒の秘宝は、確かにこの怪盗《かいとう》シュバルツが頂戴《ちょうだい》したわ」

青の離宮《りきゅう》の屋根の上に、昂然《こうぜん》と胸を反らして立ち、艶やかに微笑《ほほえ》む。

「さようなら、クレメンス様」

怪盗シュバルツの時には口にしたことのなかった彼の名を、最後に一度だけ呟いた。

そして発炎筒《はつえんとう》に火をつけ高く放り投げ、おじや大おじに終了の合図を送る。

吹き上がる赤い煙に続いて、夜空を彩る色鮮《いろあざ》やかな花火が上がった。

離宮の周りをくるりと囲むように上がる花火に、遠くから歓声《かんせい》が聞こえてくる。

フローラはクレメンスが一瞬《いっしゅん》それに気をとられた隙《すき》に、背を向け駆けだした。

近くにいたハイモが、走るフローラをものともせず、肩にとまってくる。

屋根を伝って、来た時とは違う離宮の地下を通る裏道を使い、外に出た。

他の二人とは、宿屋で落ち合うことになっている。

暗い地下道は、大分《だいぶ》昔から使われていない王族の抜け道だ。

薄暗い道をハイモの先導で歩くフローラの目から、ぽろりと涙がこぼれる。

「……ごめんなさい」

思い人がいると知っているくせに、クレメンスの頬に口づけるなんて……。

クレメンスにも、彼の思い人にも失礼なことをした自分が、恥《は》ずかしい。

きっとクレメンスは、自分の隙をつくための行動だったと、判断するだろう。

でも本当は、違った。もう会えない、これが最後だと思ったら……身体が勝手に、動いてしまったのである。怪盗シュバルツとしても、人としても、最低だ。

やるべきことは、全《すべ》て終わっている。決着はついて、言いたいことも言えた。

それなのに、クレメンスを思うと涙が止まらないなんて、未練《みれん》がましくて嫌になる。

役目を果たした晴れがましさなどないまま、フローラはもう会えない人を思って、頬を濡《ぬ》らし続けた。

2

グラナートに戻《もど》って、家族やおじ達によくやったと褒《ほ》められても、フローラの心には、嬉しさや達成感など、相変わらずちらりとも浮かばない。

むしろ、日が経《た》てば経つほど、もやもやした思いが強くなる。

なにかにつけて頭に浮かぶのは、忘れなければならない、クレメンスの顔だ。

気分転換《てんかん》に王宮内を散歩していても、気づくとつい彼のことを考えてしまう。

「あれだけ言ったら、もう自分に自信がないなんてことは、ないでしょうし……」

きっと今頃は、思い人に気持ちを伝えて、一緒に過ごしているはずだ。

それでいい。そうでなくては、頑張《がんば》った意味がないのだ。

しかし、そう自分に言い聞かせても、じくじくと痛む心が邪魔《じゃま》をしてくる。

本当にいいのか、といわんばかりのその痛みに、今は耐《た》えるしかなかった。

去り際《ぎわ》、強引《ごういん》に頰に口づけた時のことを思い出すたび、自分がたまらなく汚《けが》らわしい存在に思えて……最近は、眠ることさえろくに出来ていない。

そのせいか、部屋に戻るとすぐにマリアが寄ってきて、心配そうに肩を叩《たた》かれる。

「フローラ様……どうなさったんです、そのお顔」

「顔？」

「顔色が全くなくて、まるで幽霊《ゆうれい》みたいです」

そう言われて、フローラは慌てて頬に触れた。

するとマリアが、部屋のすみにある机から、手鏡を持ってきてくれる。

わたされた鏡を見てみると——なるほど、確かに幽霊のようだ。

前髪で隠《かく》した顔には全く生気がなく、どんよりとした表情が実に陰気《いんき》である。

「そういえば、時々すれ違《ちが》う人が悲鳴を上げていたような……」

この顔で、ひっそり気配《けはい》も足音も殺して歩いていたら、さぞ怖《こわ》かったはずだ。

申し訳ないことをした、と反省しうなだれていると、マリアがため息を吐《つ》く。

「フローラ様、ご気分が優《すぐ》れないのでしたら、無理して歩き回らないでください」

「別に、具合が悪いわけじゃないの」

「わかっています。不調なのは身体ではなく、心の方なのでしょう？」

戸口に二人で立ったまま、フローラはマリアの肩に額《ひたい》を埋《うず》めた。

「ちゃんと自分に出来る、精一杯のことはやったの」

「はい」

「思い残すことは、ないはずだわ」

「でも、気になるのでしょう？」

そっと頭をなでてくるマリアに、情けない半泣きの顔で頷《うなず》く。

するとマリアは、しみじみした声で言ってきた。

「忘れようと思っても、簡単には忘れられないから、困るんですよね」

「……本当に、その通りだわ」

マリアの肩から顔を上げると、柔《やわ》らかな目で気づかわれる。

「しばらくは、アドルフも国内にいますから。今はゆっくり、休んでください」

うん、と答えたものの、本当は少し複雑だった。

お役目のことを考えていれば、そちらに集中できる。

むしろ忙《いそが》しい方がありがたいのでは、ともちらりと思った。

だがすぐに、そう考えた自分を恥じる。

――そんな不純《ふじゅん》な動機《どうき》でお役目なんて、だめよね。

ふう、とため息をこぼして、マリアに促《うなが》されるまま長椅子《ながいす》に移動する。

「ねえ、マリア。失恋から早く立ち直るには、一体どうすればいいのかしら」

するとマリアは、それまでと違うなんだかとても疲れたような顔で、答えた。

「そんな方法があるのなら、私もぜひ知りたいです」

長椅子に座ったフローラの隣に腰を下ろし、マリアはそっと手を握ってくる。

「ただ……いつまでも引きずるような恋は、個人的におすすめできませんね」

「マリアは、引きずったことがあるの？」

「はい、それはもうずるずると」

初めてマリアとこういう話をするから、なんだか意外だった。

「マリアはいつもテキパキしてるから、そういうことはないと思ってたわ」

思わずそう呟《つぶや》くフローラに、マリアが遠い目をしながら首を傾《かし》げる。

「そうですね、何度も何度もいい加減にしようと思って、断《た》ち切るつもりではさみと包丁とのこぎりを用意して、さっくりいこうと試みてはいるんです」

「でも、だめなの？」

「切った端からなぜか接着剤《せっちゃくざい》でくっつけられていたり、結ばれていたり、実は全く切れていなかったりで……」

それは一体、どういう比喩《ひゆ》なのだろうか。

そんな強固な縁《えん》ならば、むしろ結んだままの方がいい気がする。

でもマリアにはマリアの、事情があるに違いない。

長椅子に座ったまま、フローラは握られた手を強く握りかえした。

「じゃあいざとなったら、私がとっておきの発火材でも用意するわね」

「そうですね、硝石《しょうせき》多めでお願いします」

「爆《は》ぜるわよ？」

「望むところです」

やけに真剣《しんけん》な目をしたマリアに、わかった、と頷く。

マリアですら悩むのだな、と思ったせいだろうか。

心は先ほどより、少しだけ軽い。ほっと息を吐いた時、扉《とびら》が叩かれる。

「フローラ様、国王陛下から私室へ来るようにと、連絡が」

「お父様から？」

なにがあったのだろう、とフローラは首を傾げながら立ち上がった。

父から突然の呼び出しと聞くと、なんだか嫌《いや》な予感を覚える。

不安げなフローラを見て、マリアも途中まで一緒《いっしょ》に来てくれた。

赤い絨毯《じゅうたん》の上を進み、上の階にある父の部屋に来て、衛士《えじ》に存在をアピールする。

「あの……」

「はっ、失礼いたしました！」

フローラに気づいた衛士と扉係が慌《あわ》てて動き、マリアに見送られ父の部屋に入る。
入ってすぐの応接間は、相変わらず豪奢《ごうしゃ》で華《はな》やかだ。
飾《かざ》り棚《だな》の上は季節の花で飾られ、壁《かべ》は絵で彩《いろど》られ、高価な陶器《とうき》も置いてある。
執務室《しつむ》のようだったクレメンスの部屋とは、ずいぶん違った。
ふとそう思ってから、慌てて頭《かぶり》を振《ふ》る。
なにかにつけて思い出すなんて、自分はこんなに執念《しゅうねん》深い女だっただろうか。
――恋なんて、するものじゃないわ。
こんな厄介《やっかい》な気持ちも、自分が自分でなくなる感じも、知りたくないのに……。
ため息をこぼしながら、フローラは部屋の奥へと進んだ。
応接間には父の他《ほか》に兄と姉がいて、いつかと全く同じように座っている。
フローラに気づかず沈《しず》んだ顔をしている三人に、おずおずと声をかけた。
「あの、父上。お呼びですか？」
だが、三人は顔を上げない。
どうやらなにか、深く思い悩んでいる様子だ。
これはただごとではない、と青ざめて、フローラは三人の元へ歩み寄る。
「一体、どうなさったのです？」

「……あ」

顔をようやく上げた父が、迷子《まいご》の捨て犬のような目を向けてきた。

そして続いてフローラを見た兄と姉が、青ざめた顔で涙《なみだ》ぐむ。

フローラ、と自分の名を呼んだっきり黙り込む二人を見て、不安がいや増した。

「まず……座りなさい」

父が、フローラに空いている長椅子をさしてそう言ってくる。

言われた通りに腰を下ろしたが、しばらく重苦しい沈黙がおりた。

焦《じ》れたフローラが再びたずねようと口を開きかけた時、父がぽつりと言ってくる。

「実は、ヘルシャーから書簡《しょかん》が届いた」

「ヘルシャーから？」

はっと身を乗り出し、フローラは父にたずねた。

「一体、どのような用件で？」

硬い表情でたずねたフローラに、父は苦しげに顔を歪《ゆが》めながら、また黙り込む。

だがやがて、迷いを吹っ切るように厳《いか》めしい顔で、フローラに言ってきた。

「嫡子《ちゃくし》であるクレメンス殿《どの》が、花嫁にしたい相手を決めたらしい」

その言葉で、一瞬にしてフローラの世界が凍《こお》り付く。

呼吸すら止めたフローラに、父は戸惑《とまど》い顔で先を続けた。

「それで、その発表を行う祝いの席に、ぜひお前を招きたいそうなのだが……」

「……私を？」

まさか、と詰《つ》めていた息を吐き出し、ぎこちなく首を傾げる。

クレメンスとの決着はついたし、離宮《りきゅう》を辞する許可も正式に受けたはずだ。

十五年の療養《りょうよう》が必要だった病弱な地味姫《じみひめ》など、嫡子の相手には相応《ふさわ》しくない。

だから体調不良を理由に故郷に帰れば、呼び戻されるはずはないと思っていた。

クレメンスだって、対決のためだと知っているから、離宮を出るフローラのことを見送りにさえ出ず、黙って送り出してくれたのに……。

「今さら、なぜ……」

呆然《ぼうぜん》と呟くフローラに、父は渋《しぶ》い顔をしながら持っていた手紙を差し出してくる。

そこには綺麗《きれい》な文字で、婚約披露《ひろう》のダンスパーティーを行うから、フローラにぜひもう一度離宮に来てほしい、という要請《ようせい》が書かれていた。

どうする、とたずねられて、フローラは返答に困る。

本来なら、格上の国から名指しで呼ばれたからには、行かねばならない。

でも、あんなことをしておいて、どんな顔でクレメンスに会えばいいのだろう？

まして彼の婚約者になる相手には……合わせる顔がない。

黙り込んで、うつむいた時――すっと、手の中から手紙を引き抜《ぬ》かれた。

驚《おどろ》いて横を見れば、アドルフがいつの間にか手紙を手に立っている。

父達も驚いた顔をしているが、アドルフはそれに構わず、にっこり笑って言った。

「半月後とは、相変わらず急な日程だね。これじゃあ、兄さん達は動けないだろう。私が保護者として付き添《そ》うよ」

「ほ、保護者っておまえ……」

もの言いたげな目をする父に、アドルフはひらりと手を振ってみせた。

「大丈夫《だいじょうぶ》、マリアも一緒なんだから」

「でも、おじ様……」

苦しげに眉根《まゆね》を寄せたフローラに、アドルフは笑みを消して耳打ちしてくる。

「逃げてはいけないよ。最後まで責任を持って、見届けなさい」

怪盗《かいとう》シュバルツの師としての、厳しい口調《くちょう》と眼差《まなざ》しに、フローラははっとした。

――そうよ……この上さらに、卑怯者《ひきょうもの》になりたいの？

自分の過《あやま》ちから目をそらし逃げるなんて、怪盗シュバルツのやることではない。

フローラは覚悟《かくご》を決めて、父に告げた。

「わかりました、もう一度……ヘルシャーに、行って参ります」

クレメンスが、なぜフローラを再び呼ぶのかは、わからない。

ただ、この誘《さそ》いを断っても、きっともやもやした気持ちは晴れないだろう。

そのことは、お役目を終えたあの日から、嫌というほど実感していた。

だったら、前に進むためにもう一度、クレメンスに会った方がいい。

——思い人と一緒にいる姿を見て、今度こそ諦《あきら》めてみせる。

ぐずぐず悩むのは、もうやめだ。

フローラはそう心に決めて、ヘルシャー行きの準備を整えるため、自室に戻《もど》った。

アドルフも、マリアに事情を話すのを手伝うよと、一緒についてくる。

廊下《ろうか》に出て、二人でそろって気配《けはい》を消して歩きながら、アドルフが呟いた。

「大丈夫、逃げないで立ち向かういい子には、きっとご褒美《ほうび》が待っているさ」

意味ありげな笑みを浮《う》かべるアドルフに、フローラは苦笑《くしょう》しながら頷く。

「そうなれるよう、頑張《がんば》る」

「うん、それでこそ私の自慢《じまん》の弟子だよ」

頭をなでる手の優しさに励《はげ》まされ、胸にくすぶる弱気な心を押し止める。

そしてフローラはこの翌日、マリアとアドルフと一緒に、ヘルシャーに向かった。

3

ヘルシャーには、予定ならばダンスパーティーの七日前には着くはずだった。

しかし、アドルフが途中でやけに頻繁《ひんぱん》に休憩《きゅうけい》を挟《はさ》ませたり、マリアが予定していた街より手前で宿を取ろうと言い出したり、馬がやたらと足の遅い子だったりで、旅の予定は大幅《おおはば》にずれ込んでしまう。

結局、フローラ達を乗せた馬車がヘルシャーの王都に入ったのは、手紙に書かれたダンスパーティーの日付と、同じ日の朝であった。

「これって、とんでもなく失礼なことなんじゃないの？」

青ざめて焦《あせ》るフローラをよそに、向かいの座席に並んで座ったマリアとアドルフは、余裕《よゆう》の笑顔を浮かべている。

「大丈夫です、要は指定された時刻までに到着すればいいだけですよ」

「そうそう、前日入りしろとは、どこにも書いてなかっただろう？」

あまりにものんきな答えに、フローラは困惑《こんわく》し窓の外を見た。

そして、あることに気づく。

「ねえ、どうしてこの馬車……青の離宮じゃない方へ、進んでいるのかしら？」

引きつった顔でたずねると、マリアが当然のように言ってきた。

「まあ、お伝えしそびれていましたわね。実は、フローラ様が本日お召《め》しになられるドレスは、王都の仕立屋《したてや》にあるんです。着替えも、そこでする予定ですから」

ご安心ください、と言われたが、全く安心できない。

そもそもなぜ、フローラのドレスがヘルシャーで仕立てられているのだろう。

「持ってきたドレスじゃ、だめなの？」

「ええ、ダンスパーティー用のドレスは、特別ですもの。ああもちろん、寸法などはあらかじめ私が伝えておきましたし、問題ないのは確認ずみです」

「仮縫いって、じゃあ前にこちらにいた時に、マリアが作らせていたってこと？」

それならまだ納得《なっとく》できなくもない、と思ったが、マリアは首を横に振った。

「いいえ、私はあくまでも助言しただけで、作らせたのは別の方ですわ」

わけがわからなくなって、フローラは頭を抱《かか》えてうなだれる。

ただでさえ、これから再会するクレメンスのことや、その花嫁になる女性のことを考えると胸も頭も痛くなるというのに、これ以上悩んだら心労《しんろう》で倒れそうだ。

だがうなっているうちにも、馬車はある屋敷の前でぴたりと停まる。

「あら、着いたようですわね」

弾《はず》んだ声でマリアが言うのとほぼ同時に、馬車の扉《とびら》が開いた。

参りましょう、と促《うなが》されるまま馬車を降りれば、仕立屋というには立派な屋敷の扉が開いて、恭《うやうや》しく中へ通される。

戸惑うフローラの手を、マリアとアドルフが両側から引っ張った。

だが玄関ホールを入って、右の部屋に入ったところで、アドルフが立ち止まる。

「さて、私はここまで。後は頼んだよ、マリア」

「期待して待っていなさい……さあフローラ様、こちらです」

マリアに手を引かれて、談話室のようなその部屋の奥にある、可愛《かわい》らしい白い扉の奥へと進んだフローラは、思わずぽかんと口を開けた。

「なに……これ」

「フローラ様のためにあつらえられたドレスと、それにそろえて用意した品です」

扉を後ろ手に閉めたマリアが、そう言ってきた。だが、そんなはずはない。

部屋の中央で、ドレス用のトルソーに着せられているのは、どう見ても最先端《さいせんたん》かつ華やかで愛らしい、本物のお姫様が着るためのドレスだ。

その周りを囲む靴《くつ》やネックレスや髪飾りだって、どれも本当に可愛らしい。

しかも全部、フローラの髪や目の色に合うよう、色合いも考えられている。

間違《まちが》っても、地味姫が着るようなものではない。

身体《からだ》を清める香油《こうゆ》入りのお湯やブラシをてきぱきと用意するマリアに、慌《あわ》てて言う。

「なにかの間違いでしょう、私がこんなドレス着られるはずは……」

「苦情は、このドレスの贈り主にお願いします。残念ながら、立場上私達は絶対に逆らえない相手ですので、嫌《いや》だと言われても着て頂くしかないのです」

有無《うむ》を言わせぬ笑顔でそう宣言し、マリアがフローラを着替えさせにかかった。

抵抗《ていこう》しようにも、ぐずぐずしていてはダンスパーティーに間に合わないと言われ、従うしかない。

――この期《ご》に及《およ》んで遅刻《ちこく》までしたら、本気で嫌がらせじゃない。

いくらクレメンスへの未練《みれん》を断《た》ち切れないからといって、彼の門出《かどで》を邪魔《じゃま》する気は全くないのだ。この場はマリアの指示に黙々《もくもく》と従って、後で絶対にドレスの贈り主とやらに苦情を言おう、と心に誓《ちか》う。

フローラの忍耐《にんたい》と努力もあり、身支度《みじたく》は驚くほどの速さで整った。

ただ、満足そうに「完璧《かんぺき》です」と笑うマリアは、なぜか鏡を見せてくれない。

大きく開いた胸元や、やけにすっきりしている視界に、強い不安を覚えた。

フローラの手をとったマリアは、躊躇《ためら》う隙《すき》を与えまいとするように、部屋を出る。

「お待たせしました、さあ、参りましょう」

「ああ、急がないと彼がお待ちかねだよ」

早く早くと急《せ》かされて、馬車に押し込まれた。

走り出した馬車は、今度こそ青の離宮へと向かっている。

そして気づけば、向かい側に座るアドルフの服も、なぜか滅多《めった》に見ない礼装だ。

「マリア、タイをしめてもらえるかい」

「そのくらい、自分で出来るようになってくださいって、何度も言ってるのに」

怒《おこ》ったような顔をしながらも、マリアはアドルフのタイを慣れた手つきで結ぶ。

アドルフは礼を言った後で、旅行用の藍色《あいいろ》のドレスを着たマリアにたずねた。

「君の着替えは、どうするんだい？」

「離宮の方に用意してもらっています。どうせ、私が合流するのは後からですし」

「ふーん。じゃあ、私は君と一緒《いっしょ》に行動しよう。どうせ、エスコートは必要ないし」

自分をのけ者にして話を進めるマリアとアドルフに、フローラは苛立《いらだ》ちを隠《かく》せない表情でたずねた。

「さっきから二人だけで、なにを話しているのよ……このドレスのことも、ちゃんと説明して！」

「残念ながら、その前に着いてしまったよ」

ほら、とアドルフが窓の外を指さす。

すると、確かに青の離宮《りきゆう》の門をくぐり抜けるところだった。

ぎょっとして、フローラはみるみる流れる車窓《しやそう》の景色を見つめる。

これまで驚くほど足が遅かったはずが、この走りぶりはまるで別の馬のようだ。

あれよあれよという間に、馬車は見覚えのある離宮の前庭で停車する。

「さあ、フローラ。行っておいで」

手を振《ふ》って見送るアドルフに背中を押されて、フローラは馬車を降りた。

離宮の前庭には、ずらりと楽隊や衛士《えじ》らが並んでいる。

色鮮《いろあざ》やかな花で飾《かざ》られた離宮までの道を見て、激しいデジャビュを覚えた。

だが、初めて訪れた時とは違《ちが》い——なぜか奇妙《きみよう》な沈黙が、その場を包み込んでいる。

やはり当日に現れた非礼でひんしゅくを買ったのだろうか、と焦った。

だが、どうもそうではないらしい。

ある人は歓迎《かんげい》のラッパを吹こうとした状況で、またある人は花吹雪《はなふぶき》をまこうと手を振り上げた状況で、目を丸くしてフローラを見つめている。

――やっぱり、このドレスがおかしいから？

おどおどと周りを見回して、この沈黙を破る方法を考えているうち――フローラの目が、一点を見つめたまま動かなくなった。

花に囲まれた、離宮から伸びる白い橋を、黒い礼装姿の青年が歩いてくる。

真《ま》っ直《す》ぐにフローラを見つめる焦《こ》げ茶色の目も、すらりと伸びた手足も、見間違うはずがない。ずっと、頭から離れなかった相手が、そこにいた。

「フローラ」

優しい声で、クレメンスに名を呼ばれて……それだけで、泣きそうになる。

身じろぎも出来ずにいると、クレメンスはフローラのすぐ前で立ち止まった。

長い指が、強《こわ》ばったフローラの頬《ほお》にそっと触《ふ》れてくる。

「困ったな……」

「え？」

「想像以上に綺麗《きれい》で可愛いから、誰にも見せたくなくなる」

悪戯《いたずら》な目をして笑ったクレメンスの手が、さっと肩に回ってきた。

そして既視感《きしかん》にとらわれている間に、ふわりと身体が浮き上がる。

「さあ、行こうか」

眩《まぶ》しいくらいの笑顔でそう言ったクレメンスが、フローラを抱《だ》いて歩き出した。

それを見て、慌てたようにラッパが吹《ふ》き鳴らされ、高らかな声で名を呼ばれる。

「グラナート国、第二王女フローラ姫、ご到着っ！」

飛び散る花吹雪が風にのって橋まで届いた。

フローラがわけがわからず身を固くしていると、クレメンスがくすりと笑う。

「まだ、時間がある。少し、二人っきりになれる場所に行こう」

横抱《よこだ》きにフローラを抱えたまま、返事も待たずに彼が向かったのは、中庭だった。

すっかり緑の濃《こ》くなった木立の中を通り抜《ぬ》け、覚えのある噴水《ふんすい》のわきのベンチまで運ばれる。白いベンチにそっとフローラを座らせたクレメンスは、その前に静かに、膝《ひざ》をついた。

そして、状況が飲み込めず半泣きになるフローラの手を、そっと持ち上げる。

「そのドレス、着てくれてありがとう。とても似合っているよ」

クレメンスの言葉に、フローラは目をぱちぱちと瞬《またた》かせながらも、呟《つぶや》いた。

「もしかして、これ……貴方《あなた》が？」

「ああ、約束しただろう。君に似合うドレスを贈《おく》るって」

確かに、言われた覚えがある。でも、今日こんなドレスを贈るなんて、変だ。

──せっかくの思い人との祝いの席で、一体なにを考えているの？

本来ドレスなんて、身内《みうち》以外では婚約者か夫くらいしか贈り物には選ばない。

誤解されて、変な噂《うわさ》が立ったらどうするのだろう。

相変わらずクレメンスは、自分のことに関して無防備すぎだ。

フローラはもどかしい思いを必死に押し止め、精一杯《せいいっぱい》の平静を装《よそお》って言う。

「お気持ちは嬉《うれ》しいけど、貴方からのドレスなら、パーティーには着られないわ」

「どうして？」

「どうしてって……だって、失礼じゃない」

自分をじっと見つめてくるクレメンスの手を、苛立ちを込めて強く握《にぎ》りかえした。

「私だったら、自分の好きな人が他の人に贈ったドレスなんて、見たくないわっ！」

「大丈夫《だいじょうぶ》、そんなことにはならないよ」

フローラの手を引き寄せ、甲《こう》に唇を押し当てながら、クレメンスが告げてくる。

「私がドレスを贈る女性は、生涯《しょうがい》を通して、君だけだ」

その言葉と手の甲に伝わる熱に、かっと頬が赤くなった。

クレメンスはそんなフローラを、甘い笑みを浮《う》かべて見つめてくる。

「そして君を飾り立てられるのも、私だけでありたい」

「……馬鹿《ばか》なこと、言わないで」

ぎゅっと眉間《みけん》にしわを寄せ、フローラはクレメンスの腕を振り払《はら》った。

「あなたは、今日婚約を発表するんでしょう!?」

「ああ、そのつもりだよ。相手さえ、許可してくれるなら」

「するに決まってるじゃないっ！」

フローラはこみ上げる涙をぐっとこらえ、立ち上がってクレメンスに告げる。

「貴方みたいな素敵な人の求婚《きゅうこん》を、断る人間がいるわけないっ！　なのに、どうしてそんな弱気なこと言うのよっ！」

「……フローラ」

戸惑《とまど》うように名を呼び立ち上がったクレメンスを、にらむように見上げ、叫《さけ》んだ。

「あなたがそんな風に自信なさそうにしていたら、諦《あきら》めなきゃいけない恋でも、つい諦められなくなってしまうでしょう！」

「じゃあ、諦めなければいい」

「そんなこと出来るわけ……っ！」

言いかけた言葉が、柔《やわ》らかな温《ぬく》もりに吸い込まれるようにして、途切《とぎ》れる。

驚愕《きょうがく》に目を見張ったフローラから、クレメンスが名残惜《なごりお》しそうに離れた。

間近《まぢか》にあるクレメンスの唇が、微《かす》かに湿《しめ》っている。

「むしろ、勝手に諦められたら困るんだよ」

指で先ほどまで重なっていたフローラの唇をなでて、クレメンスが笑った。

「ようやく振り向いてくれた君を、逃《に》がすわけなんてないだろう？」

言われた言葉の意味が、よくわからない。

呆然《ぼうぜん》とするフローラの肩を抱き寄せ、クレメンスが耳元に囁《ささや》いてくる。

「私の求婚を、断る人なんていないと言ったね？　だったら、どうか頷《うなず》いて」

私の伴侶《はんりょ》になって欲しい、という一言に、フローラは弱々しく頭《かぶり》を振った。

「嘘《うそ》……」

「どうして、そう思うの？」

うるんだ目に力をこめながら、フローラはクレメンスを見る。

「だって、貴方にはちゃんと、特別な人が……」

「それが君だって、私は態度でも言葉でも、伝えてきたつもりなんだけれどな」

困ったような顔で、頬を包み込まれた。

「私が特別に大切にしたい相手はね、普段は誰より目立たないよう振る舞《ま》うくせに、実は人一倍可愛《かわい》くて魅力的《みりょくてき》で、いつも私を気づかってくれる、優しい姫君なんだよ」

「そんなの、私じゃない」

　こらえていた涙が、頬を伝い落ちる。

「私は、優しくなんてないわ。だって、あなたに思い人がいると知っていたのに……

あ、あんな、ふしだらなことをした……卑怯《ひきょう》な人間なんだからっ！」

　唇をわななかせて言葉に詰《つ》まるフローラを、クレメンスが戸惑い顔で見下ろした。

「ええと、フローラ？　君にふしだらなことをされた覚えは、残念ながらないよ？」

「頬に、き、キス、したでしょう⁉」

　死にそうな顔でそう告げた直後――息が止まるほど強く、抱《だ》きしめられる。

「君はどれだけ、私を夢中にしたら気がすむんだい？」

　可愛い、と耳に穴があきそうな勢いで、繰《く》り返された。

　降り注ぐ言葉の甘さで、目まいがしそうになり、フローラは慌《あわ》ててクレメンスから
離れようとする。だが、背中に回った手はぴくりとも動かない。

「やっぱり、君は地味姫《じみひめ》のままでいい。こんな可愛いところを、他の男に見せるのは
だめだ。そうじゃないと私は……嫉妬《しっと》でどうなるか、わからない」

「嫉妬……？」

「そうだよ。君が思うより、私は執念《しゅうねん》深くて狭量《きょうりょう》な男だから、覚悟《かくご》して」

愛しているよ、と告げられて、フローラは夢ではないかと不安になる。

でも夢なら夢でも、構わない。

「私も……っ！」

クレメンスの背中に腕を回し、ぎゅっと抱きつきながら、震《ふる》える声で告げた。

「貴方のことが、好きっ！」

最後を言い切ると同時にクレメンスの腕が解かれて、待ちきれないようにまた唇を重ねられた。先ほどよりも長くしっかりとした口づけに、全身がかっと熱くなる。

ドキドキしすぎて息が苦しくなった頃、ようやく顔が離れ、クレメンスが呟いた。

「ようやく、君を本当の意味で捕《つか》まえられたね」

もう離さないよ、と笑うクレメンスに、フローラは真《ま》っ赤《か》な顔でたずねる。

「でも、それじゃあ……今日貴方が婚約を発表する相手って……」

「もちろん、君しかいないだろう。思いが通じ合ってから、急いで準備したよ」

さらりと言われて、思わず首を傾《かし》げてしまった。

だって、クレメンスに自分の気持ちを伝えた覚えなど、一度もない。

するとクレメンスが、フローラの困惑《こんわく》を見透《みす》かしたように、声を落とし言ってくる。

「だって、怪盗《かいとう》シュバルツでないただのフローラとしてならば……君は喜んで、私に捕まってくれるんだろう？」

あっと声を上げたフローラの髪をなで、クレメンスは満足げに目を細めた。

「ちなみに、マリアさんから手紙で相談されたけれど、君が私の花嫁候補だと思ったあの女性は、ただの異母弟の回し者だからね」

「え……？」

マリアから相談されたという言葉にも、告げられた事実にも、驚《おどろ》きを隠《かく》せない。

目を丸くするフローラに、クレメンスが笑みを消して不安げな目で聞いてくる。

「さて、フローラ。私は君の思いを知るや、君自身の気持ちを確認する前に外堀《そとぼり》から埋《う》めて、婚約披露《ひろう》の場まで整えるような、卑怯者《ひきょうもの》だけれど……こんな私のことなんて、嫌《きら》いになる？」

「嫌いに……なれないから、困っていたんじゃない」

フローラは、困ったような笑みを浮かべて、クレメンスに告げた。

「悔《くや》しいけれど、離れても忘れようとしても、どうにも貴方のことが頭を離れなくて眠れなくなるくらいに……私は貴方のことが、好きなんだわ」

ありがとう、と告げてくるクレメンスを抱きしめて、そっとつま先立ちになる。

優しい口づけと、クレメンスから香るリラの香に、フローラはしばし酔《よ》いしれた。

終章

まるで夢のように、恋が叶《かな》ったのは嬉しい。

でもフローラは、婚約披露のダンスパーティーが迫《せま》る中、あることに気づく。

「やっぱり私……貴方の求婚を、受けられないわ」

会場に移動しよう、と手を繋《つな》いだままで、その場に立ち止まりクレメンスを見た。

突然の言葉に、クレメンスは戸惑いに満ちた顔で聞いてくる。

「どうして？」

「だって私には、お役目があるもの」

怪盗シュバルツとして、黒の秘宝を回収しなくてはいけない。

でもその役目をこなそうと思うなら、次期王妃《おうひ》の重責《じゅうせき》を担《にな》うことは無理だ。

泣きそうな顔でクレメンスを見つめ、フローラは告げる。

「私の秘密のせいで、迷惑《めいわく》をかけるかもしれない。それに、今はまだいいけれど……もうすぐ私は、頻繁《ひんぱん》にあちこちを飛び回ることになるわ」

「なるほどね。でも、君が泣いて頼んだって、もう後に引くつもりはないんだ」

クレメンスはフローラの左手を、そっと握ってくる。

「それに君は、それほど頻繁に姿を消すことはないと思うよ」

「どういう、こと？」

たずねたフローラの前で、クレメンスがすっと上着の内ポケットに手を入れた。

そして取り出したその手には——黒光りする石のはまった、指輪が握《にぎ》られている。

左手の薬指にはめられたその指輪は、間違《まちが》いなく……黒の秘宝だった。

動揺《どうよう》するフローラに、クレメンスはそれはそれは優しい声で囁いてくる。

「ヘルシャーの嫡子《ちゃくし》は、怪盗シュバルツに宝を奪《うば》われたことを悔しがり、リベンジを誓《ちか》って黒の秘宝を収集するようになった。そう、歴史書にも書かれる予定なんだ」

でも、と震える声で言いかけたフローラの手を握り、クレメンスが続けた。

「大丈夫《だいじょうぶ》、個人的に所有する土地や投資している商社からの収益を使って、金で手に入る黒の秘宝は片っ端《かたぱし》から集めるよ。だから君はなにも心配せず、私の元へおいで」

一体クレメンスは、どこまで計算しているのだろう。

呆然とするフローラの額に、クレメンスが楽しげに口づけてくる。

「憧《あこが》れの怪盗と愛《いと》しい姫君の両方を手に入れられるなんて、私は本当に、幸せ者だ」

愛しているよ、と囁く甘い声を耳にして、もう逃げられないことを悟《さと》った。

フローラはクレメンスの手を握りかえし、複雑な表情で告げる。

「私は色々な意味で、一生あなたのそばから離れられない気がしてきたわ」

「当然だろう？」

不敵な笑みを浮《う》かべたクレメンスは、フローラの顔をのぞき込んできた。

「一度捕まえた愛しい人に逃げ道を与えるほど、私は甘くないんだよ」

そう告げられて、諦《あきら》めたような笑みで頷く。

「どうやら私は、世界で一番捕まってはいけない人に、捕まったみたいね」

「うん、だからもう……諦めて、幸せになろう」

そう言うクレメンスに、フローラはわざと不敵な笑みを向けた。

「いいわ、その代わり貴方《あなた》も覚悟して。もしこれまでみたいに無茶《むちゃ》を続けて、体調を崩《くず》したりしたら……私が逃げても、捕まえられなくなっちゃうわ。ずっと捕まえると言うんだったら、もっと自分を大事にして、私よりうんと長生きしないとね？」

頑張《がんば》ってよ、と手を握る力を強めれば、クレメンスは照れたように目を細める。

「いいよ、絶対に逃がすつもりはないから、一生ぶんの覚悟を決めておきなさい」

その言葉に、フローラはくすくす笑いながら頷いた。

並んで歩き出す二人の手は、互《たが》いを慈《いつく》しむように、固く握りあわされていた。


（了）

あとがき

本書をお手にとってくださった皆様、まことにありがとうございます。
さくっと読める娯楽系《ごらく》ライトノベルを書いております、宇津田晴です。
新作は、ねぎしきょうこ先生の美麗《びれい》なイラストでおおくりする、ラブコメです。
離宮《りきゅう》で開かれる花嫁選考会。咲き乱れるリラの花より甘い、隣国《りんごく》の王子様の誘惑《ゆうわく》。
ある秘密を抱えた姫君が、隣国の王子様とドキドキな関係に！
甘い言葉の裏に、一体どんな真意が隠れてるの？
そしてあの人の本心と、姫君を待ち受ける結末とは……。
今、新たな恋物語がはじまる！

なんて……とりあえず、宣伝としては以上でしょうか。
うん、嘘《うそ》じゃないです。毎回嘘っぽいと自分で思うんですが、嘘ではない。
もし宣伝を見て気になったら、読んで本文も確認して頂ければと思います。
お忙しい毎日の気分転換に、気を楽にしてまったり楽しんで頂ければ幸いです。

さて、宣伝が終わると、相変わらずなにを書いてよいかわかりません。

四ページ、小話を入れるには短く、謝辞だけで終わるには長すぎる……。

読者の皆様に喜んで頂ける内容にしたいのですが、毎回しょうもないことばかり書き綴《つづ》ってしまいます。なんか面白いことあったかな、と必死に探るも見当たらない。

あ、一つ書けそうなネタありました。

著者の執筆書、なんだかんだで二十冊目っぽいです。

ノベライズの『あやかし緋扇《ひせん》』も含めて、の数字なので、オリジナル作品だけならまだ十九作ですが……思えば遠くへ来たものです。

著者は第一回ライトノベル大賞で賞を頂いたので、多分一期生です……よね？

この本の巻末には丁度、第七回ライトノベル大賞の結果発表が掲載されるとか。

なんだかものすごく、感慨《かんがい》深いです。

もう七回か……どんな作品が受賞しているのか、一読者として楽しみです。

それにしても、年々月日の流れに鈍感になっている気がします。

気がつくと一月が過ぎ去り、あれよあれよという間に新年度を迎えてしまい、ばたばたしてたら一年も折り返し地点になり、あっという間に秋の芋煮《いもに》シーズンとなり、気づけばヘイらっしゃいお正月さんっ！

なんかもう、ここ数年の記憶がぐっちゃぐちゃです。

ちょっと気を抜くと、季節の行事を完全に忘れて……。

今年も早速《さっそく》、節分に豆をまきそびれました。

鬼が当家に来るなら、倍の人数の福の神と一緒にお願いしたい。

あれ、でも神様だと単位が人じゃなく柱《はしら》か……倍の柱数？

なんか急に強そうに見えますね、福の神倍柱数。


などと相変わらずつらつら書き綴っているうちに、残りわずかとなりました。

ここからは、謝辞に移らせて頂きます。

まず、イラストを担当してくださったねぎしきょうこ先生。

お忙しい中、本当にありがとうございました。筆が遅くご迷惑をおかけしたことと思いますが、ラフを拝見して眼福《がんぷく》にひたっております。

特にハイモ、かわいいです。

犬派でも猫派でもない、鳥派という生き方に目覚めました。

そして担当様、毎回すみませんありがとうございます。

的確な助言のおかげで、フローラはどじっ子を回避できました。

たくましい子ばかり書いているせいで、たまに違うタイプに浮気《うわき》したくなるけれど、これからは変な方向に走らないよう気をつけます。

それから、編集部の皆様や、営業の皆様、印刷所の方はもちろん、取り次ぎ関係の方や書店の皆様などの、制作から流通に関わってくださる全ての皆様に心から感謝し、日々精進《しょうじん》して参りたいと思います。

そしてもちろん、この本を買ってくださった読者の皆様には、とびきり大きな声で、ありがとうございますと言わせてください。

みなさんのおかげで、今こうして本を出すことが出来ます。

次にお会いできるのは、少女コミックから出ている『あやかし緋扇』のノベライズ第二弾になるらしいので、よろしければそちらもよろしくお願いいたします。

ノベライズはコミックスのコーナーにあるので、見つけにくいかもしれませんが……原作が面白いので普段漫画を読まない方も、ぜひ！

それでは、どなた様もどうか お身体《からだ》に気をつけてください。

また他の作品もお手にとって頂ければ、幸いです。

宇津田　晴

♡本書のご感想をお寄せください♡

〒101－8001　東京都千代田区一ツ橋二－三－一
小学館ルルル文庫編集部　気付
宇津田晴先生
ねぎしきょうこ先生

小学館ルルル文庫

姫怪盗と危険な求婚者

2013年 3月 31日 初版第1刷発行

著者 宇津田 晴

発行人 丸澤 滋

責任編集 大枝倫子

編集 本山由美

発行所 株式会社小学館
〒101-8001 東京都千代田区一ツ橋2-3-1
編集 03(3230)5455 販売 03(5281)3556

印刷所
製本所 凸版印刷株式会社

ISBN978-4-09-452252-5

翻弄するつもりが翻弄される、
トキメキのラブコメディシリーズ！

ご主人様はご機嫌ななめ

三か月以内に借金が返せなかったら金貸しの後妻！？　お金のため高賃金だけど“悪魔の屋敷”と評判の家で働くことになったパミーナ。屋敷の主、天才博士・クルトの「泣いて逃げ出すまでいびり抜いてやる！」という勝負を受けて立ったけれど…！？

麗しの婚約者にご用心

一流の商人になるため、世界へ飛び出したカヤ。なのに、幼なじみエリクが、婚約者として目の前に現れ！？　美青年でやり手の美術商でもあるエリクは、実力を試すような賭を提案してきた！　腹黒くて計算高いとわかっているのに、賭にのったカヤは！？

お嬢様と魅惑のレッスン

私が領家唯一の後継者で命を狙われている！？　「命をかけてお守りします」と突然現れた青年に、ときめいた孤児のティアナ。だけど財産と家を継ぐには、国王に認められることが必要で…！？　にわか令嬢とくせ者執事との、甘く危険なラブロマンス！

親愛なる花盗人へ恋の罠を

宮廷一のプレイボーイ“花盗人”のアロイスを籠絡することになったフリーダ姫。外見だけは遊びなれして大人びた美女だけど、実は泣き虫で純情な“蕾の姫君”の危なっかしい誘惑に、本気の恋をしないはずのアロイスは…？　大団円の王道ラブコメディ！

ルルル文庫
大好評発売中!!

ご主人様なシリーズ

ご主人様はご機嫌ななめ	麗しの婚約者にご用心
お嬢様と魅惑のレッスン	親愛なる花盗人へ恋の罠を

宇津田 晴 Sei Utsuta　　イラスト＊結賀さとる

第7回
小学館ライトノベル大賞
ルルル文庫部門
入選者発表！

ルルル大賞 賞金200万円 該当作なし

ルルル賞 賞金100万円 該当作なし

優秀賞&読者賞 賞金50万円
「月華の楼閣」
塚原《つかはら》湊都《みなと》

奨励賞 賞金30万円
「山姫と黒の皇子《おうじ》さま
〜遠まわりな非政略結婚〜」
河市《かわいち》 晧《こう》

STORY

優秀賞&読者賞

月華の楼閣

塚原湊都

幽閉の身から、反乱の将と政略結婚&女王即位！　玉華の波瀾の生涯は…⁉

江国の王が乱心して五年。王をいさめた第一公主・玉華は、月華楼に幽閉されてしまう。だが近衛将軍・清鳳が反乱を起こして王を討ち取り、解放された玉華は女王として即位すると同時に、清鳳と政略結婚することになる。玉華は幼い頃から自分の護衛官を務めてくれていた清鳳を心ひそかに慕っていたが、清鳳は玉華に、好きな男を後宮に迎えて世継ぎを作れと言う。清鳳と心を通わせることができず、慣れない政にもとまどううちに、北方に幽閉されていた異母弟・怜真の減刑願いが出されるが…

重責に堪えかねる玉華をさらに襲う試練！「女性であるからこそ造れる国」などあるのか⁉

奨励賞

山姫と黒の皇子《おうじ》さま
～遠まわりな非政略結婚～

河市　晧

「結婚するが恋愛はしない」VS「結婚するからには恋愛もする！」軍配は⁉

山岳国家リア＝イリスの王女リーフェは、幼い頃に出会ったハーロクト帝国の第四皇子シャルトールのことをずっと想い続けていた。十六歳の誕生日にシャルトールから求婚の手紙が届き、喜んでハーロクト宮殿へ向かったリーフェだったが、シャルトールから「結婚はするが、恋愛をする気はない」と宣言されてしまう。腹を立てたリーフェは反論し、結果、二週間後の婚儀までにシャルトールがリーフェを好きにならなければ、結婚はしない」という賭けをすることになってしまう。

花嫁修業に追われる中、リーフェは中庭で皇帝に出会い、シャルトールの過去を知って…⁉　山育ちのおてんば姫は王子の鎧を外せるのか⁉

総評　ルルル文庫編集部　副編集長　坂口友美

第7回小学館ライトノベル大賞ルルル文庫部門にたくさんのご応募をいただき、ありがとうございました。応募総数136点のうち、一次選考通過が38点、二次通過7点、三次通過4点、最終審査を経て2点が受賞となりました。

優秀賞と読者賞のW受賞となった『月華の楼閣』は、端整な筆致で架空の中華世界をしっかりと構築していました。多彩なキャラクターたちが登場し、それぞれがそれぞれの思うところを懸命に生きている様が鮮やかに描かれていて、読み応えがありました。

ただ、ヒロインの相手役である清凰のキャラクターとしての立ち方がやや漠然としていて、ラブロマンスとして盛り上がりに欠けて見えたのが残念でした。

また、ストーリーが錯綜しすぎて、効果的に構成できているとは言いがたいところも見受けられました。キャラクター同士の、せつなくねじれる関係性は十分に構築できているので、それをもう少しだけ上手く整理して、心理描写を丁寧に追い、物語を盛り上げられるとなお良かったと思います。

奨励賞の『山姫と黒の皇子さま～遠まわりな非政略結婚～』は、文章がキラキラとした輝きに満ち溢れていて、ラブロマンスを書くのにいかにもふさわしい!という感じがとても素晴らしかったです。チャーミングなキャラクターたちが織りなす可愛らしいお話で、楽しく読みました。

ただ、せっかくの「山姫」なんだから、もうちょっとパンチがあってもよかったかも? ヒロインが起こす騒動や物語全体の起伏にもう少し強弱があると、よりイキイキしたかなと思いました。

また、つまるところ「誤解」「勘違い」モチーフのお話なので、「なーんだ」とか「なんで?」とかにならないよう、より細心な説明が必要かなと思いました。誤解や勘違いに至る過程や状況を丁寧に描いて、複雑に込み入った状況とキャラクターたちの繊細な心理を組み上げた上で、最後は愛の力で薙ぎ倒す…というふうに構成できると、より爽快になったと思います。

惜しくも受賞を逃した『シャルロット姫の冒険～トキメキの恋探し～』は、極端な設定ながらも愛嬌たっぷりのヒロインが引っ張る、楽しい作品でした。ただ、物語の主軸が姫の恋愛相手探しにあるのか、隣国の新王を巡る陰謀の解明にあるのかが中途半端で、読んでいてゴールを見失いかけました。また特に後半は描写が荒く、書き急いでいる感じがしたのが残念です。より個性的な、ドラマチックで深みのある次回作に期待します。

もう一作、『イツワリ姫と本物のコイゴコロ』も、達者でユーモラスな筆致と元気でイキのいいキャラクターが楽しい作品でした。一人称でテンポよく綴られ、とても読みやすかったです。ただ、かなり早い段階から物語のオチが読めてしまいました。期待に応え予想を裏切るようなアイディアが、もうひとつ欲しかったところです。この筆力を生かした、よりオリジナリティのある作品で、再挑戦をお待ちしています。

受賞者の方には担当編集者がつき、デビュー目指してがんばっていただきます。客観的な視点を取り入れ、読者に対するサービス精神を意識できるようになれば、プロとしても十分に活躍していけると思います。

読者のみなさま、受賞者の方の作品がルルル文庫に登場する日を楽しみにお待ちください!

第8回 小学館ライトノベル大賞
ルルル文庫部門

選考 ルルル文庫編集部

応募要項

内容
中高生を対象としイラストが付くことを意識した、エンターテインメント小説であること。ファンタジー、ミステリー、恋愛、SFなどジャンルは不問。但し、BLは不可。商業的に未発表作品であること。(同人誌や営利目的でない個人のWEB上での掲載作品は応募可。その場合は同人誌名またはサイト名を明記のこと)

資格
プロ・アマ・年齢不問

原稿枚数
ワープロ原稿規定書式【1枚に38字×32行、縦書き】で印刷し、100〜105枚程度。
※手書き原稿は不可。

応募方法
次の4点を番号順にひとつに重ね合わせ、右上を必ずひも、クリップ等で綴じて送ってください。
❶応募部門、作品タイトル、原稿枚数、郵便番号、住所、氏名(本名、ペンネーム使用の場合はペンネームも併記)、年齢、略歴、電話番号、メールアドレスの順に明記した紙
❷800字以内であらすじ
❸400字以内で作品のねらい
❹応募作品(必ずページ番号をふること)

締め切り
2013年9月末日
(当日消印有効)

賞金(部門別)

ルルル大賞
200万円&応募作品での文庫デビュー

ルルル賞
100万円&デビュー確約

優秀賞…50万円

奨励賞…30万円

読者賞…30万円

発表
2014年3月末
小学館ライトノベル大賞公式WEB
(gagaga-lululu.jp)及び
ルルル文庫3月刊巻末にて。

応募先
〒101-8001
東京都千代田区一ツ橋2-3-1
小学館第一コミック局
ライトノベル大賞
【ルルル文庫部門】係

注意
○読者賞と他賞をダブル受賞した場合の待遇は、上位の賞に準じます。
○応募作品は返却致しません。
○選考に関するお問い合わせには応じられません。
○二重投稿作品はいっさい受け付けません。
○受賞作品の出版権及び映像化、コミック化、ゲーム化などの二次使用権はすべて小学館に帰属します。
別途、規定の印税をお支払いいたします。
○応募された方の個人情報は、本大賞以外の目的に使用することはありません。
○事故防止の観点から、追跡サービス等が可能な配送方法を利用されることをおすすめします。
○作品を複数応募する場合は、一作品ごとに別々の封筒に入れてご応募ください。